Galsan
Tschinag

**Eine
tuwinische
Geschichte**

Galsan Tschinag

Eine tuwinische Geschichte

und andere Erzählungen

A1 Verlag

Inhalt

Eine tuwinische Geschichte

Der Fluss und das Weidengebüsch blieben zurück, und die Steppe begann. An den nassen Leibern der Pferde, die durch den Fluss geschwommen waren, klebten Mückenschwärme wie fahle löchrige Decken. Die Pferde schlugen mit den Schwänzen, und wir Reiter fuchtelten mit den Armen. Aber alle Mühe war umsonst, die Räuberschar schien lieber satt sterben als hungrig leben zu wollen.

Der Tag versprach heiß zu werden. Die aufgehende Sonne brannte wie Feuer im Rücken, und bald trockneten auch die Pferde. Die überlebenden Reste des Mückenschwarms aber verfolgten uns und sahen nun fast violett aus.

»Heiß wird's heute«, sagte ich.

»Ach was!«, murmelte mein Jagdgefährte, der alte Dshaniwek. »Gewitter und Schnee wird's geben!«

Verwundert drehte ich mich um und entdeckte eine blasse Wolkenblase zwischen Sonne und Horizont. Der übrige Himmel strahlte in tiefer, kühler Bläue. Gegen Mittag könnte es Regen geben, dachte ich und beobachtete meinen Begleiter, den alten Hirten, der anscheinend von aller Welt gemieden wurde.

»Mit diesem Dshaniwek lass ich dich nicht ziehen!«, hatte Mutter gedroht, als sie von dem Vorhaben hörte, mit ihm auf Wolfsjagd zu gehen. Und sie hatte mir ihre Zustimmung erst gegeben, als ich versprach, einen Dritten zu finden, der mit uns reiten würde. Aber es war erst Juni, und keiner war zur Jagd zu bewegen, denn um diese Zeit durften nur Wölfe geschossen werden, und man glaubte mir nicht, dass der alte Dshaniwek Wölfe auftreiben würde, wie er beteuert hatte.

Es wurde gemunkelt, dass er einen Flüchtling erschossen habe, der keinem etwas getan hatte. Die Gegenpartei wiederum erzählte, der Flüchtling sei ein bewaffneter Deserteur gewesen und Dshaniwek habe lediglich den Auftrag gehabt, ihn festzunehmen. Es war zu einer Schießerei gekommen, wobei der Deserteur getötet wurde. Es war nicht festzustellen, wessen Kugel getroffen hatte, denn Dshaniwek war nicht allein gewesen. Außer ihm hatten noch andere Männer geschossen, und der Vorfall hatte sich im Morgengrauen abgespielt.

Ferner wurde erzählt, dass Dshaniwek zunächst Volkslehrer, dann Kreisvorsitzender und später Parteisekretär gewesen sei. Manche redeten ihn noch mit »Genosse Lehrer« oder »Genosse Chef« an, und in dem Ton, in dem sie das sagten, lag Spott und gelegentlich sogar Feindseligkeit.

Ich kannte ihn nur durch seine Arbeit und erklärte mir damit auch seine Lebensweise. Als Kamelzüchter der Genossenschaft hatte er keine *Jurte,* sondern nur ein Zelt, das an einem Ort stand, zu dem andere selten hinkamen, denn das Kamel ist ein sehr anspruchsvolles Tier, dem das spärliche Berg- und Wiesengras nicht genügt.

Dass er allein lebte, war nichts Besonderes, denn die Welt war eben so beschaffen, dass der eine zehn Söhne und hundert Verwandte hatte, während der andere allein mit seinem Schatten herumlief.

Im Stillen nahm ich für ihn Partei und hielt die feindselige Einstellung der Mitmenschen ihm gegenüber für jene Art von Ungerechtigkeit, wie sie oft Leuten widerfährt, die die Interessen der Gesellschaft und des Fortschritts verfechten und sich dadurch eine Menge Feinde schaffen. Denn in den Jahren der revolutionären Umordnung und der konterrevolutionären Unordnung, in den Jahren des Krieges und des Mangels an Kräften und Mitteln mussten die Interessen der neuen Gesellschaft mit Härte verteidigt werden.

Und was den Mord betraf, so war das nichts weiter als ein unklarer Verdacht. Selbst wenn er es gewesen war, aus dessen Gewehr die tödliche Kugel stammte, ja wenn er ihn am helllichten Tag niedergeschossen hätte, so wäre es eine notwendige Handlung, wäre es reine Pflichterfüllung gewesen, denn jener war bewaffnet, war Deserteur, und er war es geworden zu einer Zeit, in der die Volksmacht vor Sorgen nicht aus noch ein wusste.

Allein Dshaniwek schien sich um den Klatsch nicht zu kümmern. Er machte nie als Erster den Mund auf, hatte er aber einmal angefangen zu erzählen, dann konnte er so leicht nicht wieder aufhören.

Er war freundlich und sorgte gut für das Genossenschaftsvieh. Das hatte ich wenige Tage zuvor erfahren, als ich durch Zufall auf sein einsames Zelt inmitten der Berge stieß, nachdem ich die halbe Nacht umhergeirrt war und mich bis zum Fiebern vor den ringsum heulenden Schakalen gefürchtet hatte. Da er mir in dieser Nacht so viel von Schakalen, Wölfen und anderem erzählte, bat ich ihn am Morgen, mich einmal zur Wolfsjagd mitzunehmen.

Die Pferde schritten zügig aus, ihre breiten Hufe warfen den trockenen Sand zurück, und der im Laufe vieler Jahre zermahlene weiße Staub stand einen Augenblick in der Luft, ehe er höher stieg und ohne Eile davonzog. Es war, als ob unter den Beinen der Tiere eine Rolle voranschnellte und einen zitternden weißen Faden abspulte, der bis zum Horizont reichte. Der Jägerkessel im Hirschfellsack schlug im Takt des Pferdeschritts gegen den Sattelknauf und gab dabei den immer gleichen dumpfen, einschläfernden Ton von sich, der an die Weite der Steppe erinnerte.

Mit dem aufsteigenden Licht schwoll die Wolkenblase und färbte sich dunkel, aber noch strahlte die Sonne unverhüllt und immer heißer. Das spärliche Steppengras stand bewegungslos, hier und da hüpften dicke graue Heuschrecken an den Wegrand, verharrten am Boden und starrten die Pferdebeine aus erschrockenen dunklen Augen an.

Es schien wirklich ein Gewitter heraufzuziehen. Wir ritten schweigend wie alle Steppenreiter, solange nichts Unerwartetes geschieht. Dshaniwek saß zusammengesunken im Sattel, als würde er schlafen.

Sein zerfurchtes Gesicht glich einer schroffen Gebirgslandschaft, die in grauer Vergangenheit von herabstürzenden Felsen verwundet worden war und an der seit der ersten Stunde ihres Bestehens Wasser, Wind und Sonne gefressen hatten. Den Mund hielt er fest geschlossen, als hüte er ein Geheimnis. Zwei tiefe, glänzende Narben kreuzten sich auf der Stirn. Die Lammfellmütze mit den lang herabhängenden Ohrenklappen war abgetragen, unter der Wattejacke lugte der zerfranste *Lawschak*saum hervor, die Stiefel waren fast neu. Sein Karabiner wirkte altmodisch, um das Schloss war ein dicker Verband gelegt, als würde dieses mächtige Werkzeug des Todes in Fesseln gehalten. Hinter der flimmernden blauen Ferne ragten die Besch-Bogda wie eine unüberwindliche Wand auf, und ihre Schneegipfel strahlten in der Sonne so weiß, dass einem die Augen schmerzten.

Ich dachte an Island, jenen Erdfleck, den ich zwar nie gesehen und doch so lieb gewonnen hatte, an jene großen Naturkinder, die sich durch eine vieltausendjährige Geschichte behauptet hatten. Ich dachte an jenen Genius, der mir, dem Bergsohn am anderen Ende unserer Erde, seine Heimat und sein Volk ans Herz gelegt hatte, dachte an ihn wie an einen fernen Bruder, und mir traten Tränen in die Augen.

Ich sah meinen Reisegefährten, diesen alten Tuwiner mit dem zerfurchten Gesicht und dem Geheimnisse hütenden Mund, sah das reitende Denkmal aus einer Zeitenwende und einem Weltenende. Ich sah ihn und weinte Tränen, die sich mit der Zeit in mir aufgestaut hatten. Es waren die Früchte einer großen Trauer, die mit der Kaffeehaustrauer zivilisierter Leute nichts zu tun hatte. Diese Trauer bedrückte nicht, sie erinnerte an etwas Großes, das da gewesen war und nicht vergehen durfte, sie mahnte, rüttelte und ließ ahnen, dass Großes im Werden war. Ich weinte und dachte an den glücklichen Geist, der eines Tages fernen Brüdern das Geschick auch unseres Volkes ans Herz legen und so die ewigen Freuden und Leiden der Menschheit um einen Tropfen reicher machen würde.

Es donnerte. Die Pferde spitzten die Ohren, wurden unruhig. Dshaniwek öffnete die Augen nur so weit, dass man zwei dunkle Striche sah, und versuchte die Richtung auszumachen, woher das Geräusch kam. Ich wischte mir die Augen mit dem Handrücken, folgte seinem Beispiel und entdeckte nach einer ganzen Weile einen hellen Punkt, der sich hoch am Himmel nach Osten bewegte.

Die Luft war auf einmal voller Vögel. Milane, Krähen, Feldlerchen, Tauben und Möwen, jene bedauernswerten Meeresanwohner, die sich noch immer hierher verirrten auf den weiten blauen Straßen, die ihre Urahnen geflogen waren. Aber das war damals, weit, weit in der Vergangenheit, vor Millionen Jahren, und von dem Meer war nur noch der ausgetrocknete Grund geblieben: die Steppe mit hundert Millionen abgeschliffener Steine und Muscheln.

Die Vögel flogen in einem Wirrwarr, dass einem beim Hinsehen beinahe schwindlig wurde, und sie kreischten, krähten, pfiffen, girrten und schrien, sie schrien wie gequälte, dem Untergang geweihte Wesen. Ihre Flügel peitschten die Luft so heftig, dass man trotz Donnerbrausen und Alarmruf den Flügelschlag hören konnte und sich dabei vorkam, als ginge man durch eine tosende Brandung.

Das graue Flugzeug überflog die weite Steppe und verschwand hinter den Wolken, die nun keine leicht schwellenden Blasen mehr waren, sondern ein wogendes Meer, das die Sonne überschwemmt hatte.

Wir sprachen kein Wort, zogen die Zügel straff, richteten uns im Sattel auf und trieben die Pferde gleichauf in gestrecktem Galopp an. Wind kam auf und machte aus dem Staubfaden einen Staubschweif. Unter den Pferdehufen dröhnte die Steppe, nur die Schneeberge in der Ferne ragten ruhig in den Himmel, ihre Gletscher funkelten, und ich dachte, als ich sie so sah, an die bevorstehende Jagd, dachte, dass Dshaniwek bestimmt Wölfe auftreiben würde, und wünschte mir, dass es schneien möge, ich wünschte es mir so sehnlich wie ein Kind.

Gegen Mittag hatte sich der ganze Himmel bedeckt, und mit einem Mal brach von Nordwesten her ein Sturm los. Sand erfüllte die Luft, und der Kies, den die Hufe der Pferde aufwirbelten, wurde vom Wind aufgefangen und gegen Pferde und Reiter geschleudert. Kraniche schwankten in der Luft, mühten sich vergebens, gegen den Sturm anzufliegen, bis sie sich schließlich schreiend seiner Gewalt überließen und schicksalergeben davonsegelten.

Dshaniwek schrie mir etwas zu. Da ich ihn aber nicht verstehen konnte, gab er mir ein Zeichen anzuhalten. Der Alte näherte seinen Mund meinem Ohr und rief: »Wir biegen in ein Seitental und warten dort das Gewitter ab!« Die Schneeberge waren nicht mehr zu sehen, auch die Steppe und der Himmel nicht, man sah nichts als das tobende weiße Brausen.

Wir machten eine Wendung nach links und ließen die Pferde laufen, so schnell sie konnten. Jetzt traf uns der Wind von der Seite, er prallte gegen uns wie eine feste Masse, schlug uns ins Gesicht und nahm uns den Atem. Der Sturm kam nicht zum Erliegen, das Gewitter brach herein. Der Regen, den wir durch das Heulen des Windes und das Trommeln der Hufe zunächst als Summen, dann als immer heftigeres Rauschen vernommen hatten, überfiel uns prasselnd wie ein verheerender nasser Brand.

Wir ritten wieder langsam. Dicke, helle Tropfen schlugen schräg auf den Kiesboden, prallten zurück, und es sah aus, als hüpften Millionen glitzernder runder Käfer über die Steppe. Das Feuer, das aus allen Himmelsrichtungen zugleich aufflammte, beleuchtete sie grell, und die Donnerschläge, die den Blitzen folgten, ließen sie erzittern und erbeben. Über den Pferdemähnen zuckten knisternde, blaue Flammen, es roch nach versengtem Haar. Die Tiere schnaubten und schüttelten die Mähnen, wir zogen am Zügel, um sie zu beruhigen, aber der Brandgeruch hatte sie scheu gemacht, und sie bäumten sich auf. So ließen wir ihnen freien Lauf.

Ich war bis auf die Haut durchnässt, doch das kümmerte mich nicht mehr. Ich wartete darauf, jeden Augenblick vom Blitz erwischt zu werden, und fürchtete, als lebloser Körper vom Sattel zu gleiten.

Dshaniwek rief etwas, was ich nicht verstehen konnte. Doch dann erriet ich den Sinn seiner Worte, denn ich sah, dass wir das Tal erreicht hatten. Ein Fels tauchte auf und an seiner Südseite ein Steinwall. Ich freute mich, als ob ich vor meiner Vaterjurte stünde, hier glaubte ich für den Tod unerreichbar zu sein.

Wir ritten in den Wall, unter einen überhängenden Felsen, der uns vor dem Regen Schutz bot, und stiegen vom Pferd. Ich keuchte und zitterte, war erschöpft und fror. Hier im Trockenen empfand ich die auf der Haut klebenden Kleider als unangenehm, konnte mich weder hinsetzen noch frei bewegen und kam mir wie eine Wolfsscheuche vor.

Der alte Dshaniwek wollte sich hinhocken, tat es aber nicht, als er mich so dastehen sah. Er bückte sich und befühlte den platt gedrückten Kamelmist vom Vorjahr, der zu Haufen aufgetürmt und trocken dalag. Er ging daran, ein Feuer zu machen, schichtete den Mist kreisförmig auf, rieb ein Stück zwischen den Handflächen zu Pulver und häufte es locker in der Kreismitte. Dann holte er eine Schachtel Streichhölzer aus dem Brustlatz. Mit seinen Händen schirmte er das brennende Streichholz gegen den Wind ab und hielt es an das Pulverhäufchen. Ein winziger blauer Rauchfaden stieg auf. Dshaniwek erhob sich und begann, den rauchenden Haufen mit seinem Lawschaksaum zu fächeln. Eine weiße Flamme zeigte sich, fraß sich weiter und wurde bald zu einem lodernden Brand.

Schon war ich beim Feuer, meine Hände berührten fast die Flamme, und ich zitterte noch stärker.

Dshaniwek hörte auf zu fächeln, warf mir einen Blick zu, der ebenso liebevoll wie enttäuscht wirkte, und lächelte. Ich sah ihn zum ersten Mal lächeln, und dabei schaute er bedauernswert aus. Ihm stand das Lächeln nicht, sein Gesicht, das sonst an eine uralte Gebirgslandschaft erinnerte, glich jetzt einer schaurigen Maske, die gekreuzten Narben auf der Stirn schienen ihn zu ewigem Ernst zu verdammen. Doch das Lächeln erstarb bald, und sein Gesicht nahm wieder die vertrauten Züge an. Der alte Dshaniwek musterte mich über die Flamme hinweg. »Wie alt bist du?«, fragte er. »Fünfundzwanzig«, sagte ich. Er murmelte etwas vor sich hin, und ich verstand nur: »... der dumme Kerl ...«

Es regnete noch immer, aber die Blitze kamen jetzt in größeren Abständen. Dafür war der Donner umso lauter, denn hier stand der Fels. Die Pferde konnten nicht einschlafen.

Der Fels hing so weit über, dass er einer ganzen Schafherde Schutz hätte bieten können. Hier war offenbar ein seit vielen Jahren verlassenes Winterlager gewesen. Der Wall war beschädigt, und der Schafmist, zu Staub zerfallen, hatte mit dem angewehten Sand feine hellbraune Erde gebildet. Die Senke, in der die Jurte gestanden hatte, war von herabgerutschtem Kies zugeschüttet. Die einzigen Lebewesen, die hier noch Schutz suchten und fanden, schienen die Kamele zu sein. Während ich es genauer betrachtete, wurde mir dieses verlassene Lager, das mir zuerst so vertraut vorgekommen war, unheimlich.

Ich fragte den Alten, wann hier das letzte Mal eine Jurte überwintert haben könnte. Er zuckte zusammen, wandte schnell den Blick und sagte leise: »Vor fünfundzwanzig Jahren.«

Es wunderte mich, es erschreckte mich fast, dass er es so genau wusste. Und ich fragte hastig: »Und warum ist nie wieder jemand hergekommen?« Dabei pochte mir das Herz wie bei einer dunklen Vorahnung. Der alte Dshaniwek schwieg.

Ein Blitz beleuchtete grell die Narben auf seiner Stirn. Ich wartete auf den Donnerschlag, und das Warten wurde mir zur Qual. Es krachte im Felsen, als wollte er zerbersten. Ich erschrak, obwohl ich darauf gewartet hatte. Dshaniwek seufzte.

Das Feuer brannte nieder. Ich legte nach, und es flammte wieder auf, ich legte weiter nach, schichtete eine ganze Mauer um den Brandherd, ich wollte ein großes Feuer haben. Dshaniwek starrte in die Flammen und sagte: »Niemand ist übrig geblieben.«

Ich wünschte mir, dass es blitzte. Aber das Gewitter war vorbei, es hatte nur Sprühregen hinterlassen, und es regnete in hellen feinen Spritzern, flüsternd, eintönig, einschläfernd. Der Regen nässte die Steppe, die Berge und die hellbraune Erde, auf der vor vielen Jahren eine warme Hürde voller dampfender schwarzer Perlen gelegen hatte.

»Hier endete Bajnak, von dem du bestimmt gehört hast«, begann der alte Dshaniwek zu sprechen, »aber an dem, was so herumerzählt wird, ist vieles unwahr und vieles fehlt. Vielleicht bin ich der einzige Mensch auf der Welt, der Bajnaks Geschichte noch so wiedergeben kann, wie sie wirklich war. Vielleicht ist auch mein Ende nah, deshalb will ich dir die Geschichte erzählen.

Bajnak war nicht Zewegs Sohn, wie du es wahrscheinlich gehört hast. Er war mein Sohn, mein einziger. Jener hat ihn mir im Mutterleib weggenommen. Das Mädchen war schön, und ihr langes schwarzes Haar, das ihr über die Schultern fiel, war eine Pracht. Und Augen hatte sie wie ein Kamelfohlen. Aber ich war ein Waisenjunge, der sich mit seinem Wanderstock und jugendlicher Kühnheit von Jurtengehöft zu Jurtengehöft durchschlug. Die Reichen mochten mich nicht, und ich war auch vielen ein Dorn im Auge, die keine Reichtümer besaßen.

Zeweg gehörte zu den Menschen, die gerade anfingen, etwas zu werden. Er verkehrte mit russischen Händlern, häufig verschwand er für lange Zeit und kam dann mit einer Menge Zeug zurück, das er verkaufte. Er war ein listiger Hund, und noch größer war seine Rücksichtslosigkeit, denn er wusste, dass das Mädchen schwanger war, als er es mir raubte. Was ihn zu ihr zog, war nicht nur ihre Schönheit, es war vor allem das Vieh ihrer Mutter, die außer ihr keine Kinder hatte und sehr krank war. Sie starb bald nach der erzwungenen Hochzeit ihrer Tochter.

Das war im Jahr zwanzig, und dann kam das Jahr einundzwanzig. Es kam in unseren verlassenen Winkel nicht als Sturm, es kam wie eine Dämmerung. Zwar wurde geschossen, aber die Schüsse richteten sich gegen Weißrussen und heimatlose kasachische Räuber. Die Einheimischen hingegen taten einander nichts, obwohl sich nun bei Tagesanbruch die Erzfeinde, Begüterte und Mittellose, noch besser erkannten. Es wurde nur deshalb nicht geschossen, weil die Wohlhabenden einsehen mussten, dass es bereits zu spät war.

Aber das entmachtete Pack wollte nicht zurücktreten und es versuchte, sein wahres Gesicht hinter Schmeichelei zu verstecken. Ein Dutzend *Kulaken* eilte dem ersten Abgesandten der Volksmacht entgegen und beteuerte die Bereitschaft, ihr zu dienen. Auch Zeweg und Leute seines Schlages tauchten auf, Händler, heruntergekommene Verbrecher, dahergelaufene Abenteurer, eine Meute von Mitläufern und Schmarotzern. Und selbst wir Habenichtse kamen.

Die Herren der neuen Zeit wurden bestimmt. Wir hatten unsere Leute unter ihnen, lauter arme Schlucker, mittellos und ungebildet, keiner, der lesen und schreiben konnte und die Amtssprache beherrschte.

Die Kulaken und die Zewegs hatten teil an der neuen Macht, und sie waren besser dran als wir, denn einige von ihnen waren schrift- und sprachkundig.

Bald kam der erste Volkslehrer, und ich besuchte einen Lernzirkel. Dort lernte ich mit anderen Lesen und Schreiben und hörte vom roten Proletariat, von der Oktoberrevolution, von Lenin und anderen Dingen. Und ich lernte, dass es eine besitzende Klasse gab und dass sie von der Klasse der Besitzlosen geschlagen werden musste.

Ich wurde Volkslehrer, gab an andere weiter, was ich gelernt hatte, war eifrig, und jeder, der eine weiße Jurte oder mehr als hundert Stück Vieh hatte, auch wenn seine Jurte nicht weiß war, zählte für mich zu den Kulaken und damit zu meinen Feinden, und ich hatte viele, viele Feinde.

Zu dieser Zeit konnte Bajnak, unser Sohn, bereits laufen. Sujasch, seine Mutter, gebar kein weiteres Kind. Dafür war ich ihr dankbar, und ich bin es noch heute, wo keiner von ihnen mehr am Leben ist.

Manchmal, wenn Zeweg nicht zu Hause war, ging ich zu seiner Jurte, drückte meinen Bajnak an die Brust, und mir wurde schwindlig vom Kindergeruch. Sujasch saß still dabei und sah uns zu. Einmal weinte sie lange und sagte, noch schluchzend, aber gleichzeitig lächelnd: ›Siehst du, dass er dir immer ähnlicher wird?‹ Ich fand tatsächlich Ähnlichkeiten, die Augen hatte er jedoch von ihr.

Später lief mir das Kind oft entgegen und rief: ›*Agaj*, agaj!‹ Ich nahm es aufs Pferd, und es lachte und schrie vor Freude. Sujasch erzählte mir, dass sich der Junge vor Zeweg fürchtete, obwohl dieser ihn nicht schlecht behandelte.

Ihre Jurte stand einsam, in einem abgelegenen Tal. Damals hielt ich das für mein Glück, aber heute weiß ich, dass es ein Unglück war, denn der Junge wuchs dort wild auf, wild wie ein Rehkitz.

Nun wirst du mich fragen, warum ich die beiden nicht zu mir genommen habe. Das frage ich mich selbst, seit dreißig Jahren schon. Damals gab es das Familiengesetz noch nicht, eine Frau konnte ihren Mann jederzeit verlassen, wenn sie keine Angst vor der Prügelei hinterher hatte. Ich wäre ja der Stärkere gewesen, falls es zu einer Schlägerei gekommen wäre, denn Zeweg war ein dünnes Männchen mit Fistelstimme, und du kannst dir vielleicht vorstellen, wie ich als fünfundzwanzigjähriger Bursche gebaut war.

Ich glaube, es war die Angst um meinen guten Ruf, die mich zurückhielt. Ein Volkslehrer galt damals etwas, er musste tadellos sein. Ich bildete mir ein, dass ich tadellos sei, und wollte es bleiben. Dazu gesellte sich ein gewisser Hochmut, der sich aber mit seiner ganzen Macht und Wucht erst mit meiner neuen Funktion zeigte.

Ich hielt mich für etwas Besonderes: ein Habenichts seit sieben Generationen, so nannte man mich früher, und so nannte ich mich später: gebildet, stark und schön, ja, schön! Das wirst du mir vielleicht nicht glauben wollen, die Narben bekam ich erst später, obwohl ich sie viel früher verdient hätte. Heute denke ich, ich hätte auf einem Auge blind und auf einem Bein lahm werden sollen, spätestens an jenem Tag, an dem ich wiederum befördert wurde.

Ich liebte meinen Bajnak und meine Sujasch, ich liebte sie so, dass es zuweilen schmerzte, aber der Hochmut war stärker, denn ich bildete mir ein, ich dürfe mir die Frau eines anderen nicht nehmen, noch dazu mit einem Kind, von dem keiner wusste, dass es meines war. Für mich war entscheidend, was die anderen von mir sagen und denken würden. In Wirklichkeit war ich feige. Ich lebte in schrecklicher Armut, hungerte und fror, war der arme Schlucker geblieben, der nun freilich lesen und schreiben konnte und sich in den Kopf gesetzt hatte, als Teil des roten Weltproletariats, als Schüler Lenins und als Revolutionär mit starkem Willen und fester Moral das alte Tuwa zu zerschlagen und ein neues zu erschaffen.

Dann kamen die dreißiger Jahre. Es galt, die Kulaken zu schlagen. Etwa um diese Zeit wurde ich zum Kreisvorsitzenden ernannt. Die Partei, so dachte ich, hatte erkannt, dass mein Herz rein war. Und mein Herz war rein, es wollte das Beste für die Volksmacht, aber mein Kopf war leer. Ich wollte immer den kürzesten Weg nehmen, und wäre es nach mir gegangen, ich hätte alle Tempel samt Buddhas und *Lamas* in Brand gesteckt, allen Kulaken mit der Faust die Nase eingeschlagen und im Handumdrehen auch aus Tuwa eine Kommune gemacht. Aber es gab andere Genossen, die mich zur Geduld anhielten. Sie waren für mich jedoch nur schwächliche Versöhnler.

Auch im Jahre zweiunddreißig kam es in Tuwa nicht zu Schüssen, aber es kam zu heimlichen Brandstiftungen, zu giftiger Hetze und Landflucht. Genosse und Genosse war nicht dasselbe, manche meinten, Tuwa müsse alle Verbindungen zur Mongolei abbrechen und bei China Hilfe suchen. Wir Armen trafen uns zu einer Geheimversammlung und besprachen, was zu tun sei. ›Seht ihr, Genossen‹, sagte ich, ›ihr predigt mir Geduld, und was haben wir davon?‹ Ich glaubte, der einzige weitsichtige Genosse in ganz Tuwa zu sein. Und wir schlugen zu, wir jagten die Kulaken und ihre Spitzel zum Teufel, wir siegten.«

Der alte Dshaniwek starrte ins Feuer, und mir war, als erzählte er seine Geschichte nicht aus der Erinnerung, sondern sähe sie in der Flamme vor sich. Der flüsternde weiße Regen stand noch immer über Steppe und Berghängen, aber die Wolken hatten sich auf den Gipfeln als Nebel niedergeschlagen und gaben einem die Gewissheit, dass bald wieder die Sonne scheinen, Steppe und Berge dampfen und die Heuschrecken zirpen würden.

»Aber die Zewegs blieben, und sie sind bis heute geblieben. Zeweg wurde Vorsitzender der Kooperative, er benahm sich gemäßigt, spielte gern den Verständnisvollen, seufzte, versprach, verteilte und wirtschaftete dabei in die eigene Tasche. Er war mir zuwider, aber ich hasste ihn nicht. Ich entdeckte gute Eigenschaften an mir, war nicht nachtragend, sondern großmütig, unterhielt mich oft mit ihm und freundete mich mit ihm an. Ich tat es zwar mit einer gewissen Selbstüberwindung, aber ich tat es der Gesellschaft zuliebe.

Obwohl ich jetzt ein gutes Einkommen hatte, führte ich noch immer ein trostloses Leben, und ich führte es mit einer stillen inneren Genugtuung, denn Wohlstand war für mich eine Sache der Feudalen und der Kleinbürger. Dieses Wort hatte ich aus der Zeitung gelernt, es war eines meiner Lieblingswörter, und nachdem wir keine Kulaken mehr hatten, wurden mir alle zu Kleinbürgern, die ich vorher zu den Kulaken gezählt hatte. Ich wohnte ganz allein in einer kleinen Holzhütte, die früher dem Oberlama als Gebetsraum gedient hatte. Diese Hütte steht heute nicht mehr.

Mit den Jahren besuchte ich Sujasch seltener. Sie wurde auch immer stiller und sprach kein Wort über Bajnak, wenn ich sie nicht gerade nach ihm fragte.

Aber jedes Mal hatte sie ein paar Unterhemden und Hosen für mich. Sie holte sie aus dem Kopfkissen, gab sie mir und sagte: ›Es ist schon bald ein Jahr, dass ich sie unter dem Kopf fühle und denke, du bist schmutzig und hast Läuse. Andere Sachen kann ich dir leider nicht nähen, lass sie dir von Tante Chendshe machen.‹ Tante Chendshe war eine arme Frau, die sich um die Verlassenen kümmerte. Taubstumme, Blinde, Geistesgestörte und Waisenkinder, die keine Verwandten hatten oder von ihnen vernachlässigt wurden, fanden bei ihr Unterkunft. Sie sorgte auch für mich, solange sie lebte.

Ans Heiraten dachte ich nur selten. Es kam schon vor, dass ich mich zu dieser oder jener Frau hingezogen fühlte, vor einer Ehe jedoch schreckte ich zurück. Die eine war nicht in der Partei, die andere war mir auf die Dauer nicht hübsch genug und so weiter, aber der Hauptgrund war, ich war ein mächtiger Genosse mit Bildung und Willensstärke und mir daher zu schade für die rückständigen Frauen.

Was Sujasch anging, so empfand ich längst nicht mehr die einstige Leidenschaft. Ich hatte sie in mir abgetötet, hatte Sujasch der Freundschaft unter Genossen geopfert und noch meinen eigenen Großmut dabei bewundert.

Mein Bajnak war ein schöner Bursche geworden, eigentlich ein wilder Kerl. Mit dreizehn schoss er bereits Wölfe und ritt selbst die gefürchtetsten wilden Pferde zu. Aber er war als faul verschrien, denn er verbrachte das ganze Jahr auf dem Pferderücken und kümmerte sich nicht um Zewegs Vieh. Er sollte die

Schule im Kreiszentrum besuchen, doch daraus wurde nichts, denn er lief immer wieder weg.

Einmal sprach ich Zeweg darauf an: ›Hör mal, Genosse, wie kannst du es zulassen, dass dein Sohn ein rückständiger Mensch bleibt? Wir brauchen eine gebildete Jugend.‹ Alle, die nicht lesen und schreiben konnten, waren für mich rückständig. Zeweg seufzte: ›Recht hast du, aber der Junge ist stinkfaul und will nicht lernen. Woher er bloß diese Faulheit hat? Von mir jedenfalls nicht.‹ Mir wurde ganz heiß, und ich ging.

Ich hatte nicht den Mut, Bajnak zu mir zu nehmen, und sah halb traurig, halb bewundernd, wie er verwilderte. Nein, ich konnte meinen einzigen Sohn nicht zu mir nehmen. Ich hatte sogar Angst, es könnte an den Tag kommen, dass er nicht der Sohn von Zeweg, sondern von mir war. Ich wollte als Genosse moralisch sauber sein, und was wäre gewesen, wenn man mich, den Kreisvorsitzenden, als Ehedieb ertappt hätte? Dass der Dieb, der Eheräuber, nicht ich, sondern Zeweg war, hatte ich längst vergessen.

Ja, mein Junge, die Macht kann zur Sucht werden, und bist du erst machtsüchtig geworden, dann kommt alles andere von selbst, und es geht so weiter, bis du einen Schlag bekommst, der dich umwirft. Dann kommst du zur Besinnung und wunderst dich, was für ein bedauernswerter Krüppel du geworden bist, ein Krüppel, dem die fünf Sinne nicht mehr gehorchen!

Aber die Revolution hatte Wurzeln bei den Tuwinern geschlagen. Sie stand fest, sie war eine große Sache, ein großes Werden, das sich von der selbstherrlichen Links-Rechts-Tänzelei eines Wirrkopfes oder einiger Dummköpfe nicht aufhalten ließ.

Im Jahr neununddreißig starb Sujasch. Ich hatte sie fast zwei Jahre nicht besucht. Ich sah den raureifbedeckten Grabhügel, es war Spätherbst, mir fiel eine Träne aus dem Auge. Zum ersten Mal seit Langem war mir zum Weinen zumute, aber ich schämte mich. Sie war siebenunddreißig Jahre alt geworden. Schon im darauffolgenden Winter heiratete Zeweg wieder, diesmal die Witwe eines Kulaken, der abgeholt worden war. Die Frau hatte sich früher den Mann nicht aussuchen können, doch nun begünstigten die Gesetze ihre freie Eheentscheidung.

Bajnak hatte Zewegs Jurte oder vielmehr die der Kulakenfrau so gut wie verlassen. Eines Nachts kam ich von einer langen Versammlung nach Hause und sah einen großen jungen Menschen vor der Hüttentür stehen. Ich erkannte ihn nicht, aber er kam auf mich zu und sagte leise: ›Vater.‹ Es war mein Bajnak! Sujasch hatte ihm also die Wahrheit gesagt.«

Der alte Dshaniwek verstummte. Es hatte aufgehört zu regnen. Das Feuer glühte noch schwach. Ich legte nach, machte wieder eine Mauer um den Brandherd und blies in die Glut, bis mir die Kehle schmerzte und der Schädel brummte. Bald flackerte das Feuer erneut auf. Der flüsternde weiße Regen war vorüber, gezackte weiße Wolken kamen über die Berge und über die Steppe. Schnee kündigte sich an.

Dshaniwek fuhr fort: »Ich freute mich, drückte den prächtigen jungen Mann an die Brust und dachte voller Glück, dieser ist dein Sohn! Aber ich fürchtete auch, dass nun die ganze Welt erfahren würde, was für ein unmoralischer Bock in ihrem Kreisvorsitzenden gesteckt hatte. Die Angst um den guten Ruf war stärker als mein Vaterstolz, und so brachte ich es fertig zu sagen: ›Du musst zurück zu deinem Vater!‹ Ich siebenmal elender Hund! Bajnak machte sich aus meiner Umarmung los und ging. Ich sah ihn im Dunkel verschwinden, und plötzlich zerriss etwas in mir. Ich legte den Kopf an das kalte Türschloss und schluchzte, aber ich rief meinen Sohn nicht zurück, lief ihm nicht nach.

Im Herbst darauf ging mein Bajnak zur Armee. Die Zeit war unruhig. Am Ortseingang saß ein Dutzend Burschen in gerader Linie zu Pferd, die rote Fahne flatterte an der Spitze des Zuges, es war ein kühler windiger Tag. Die Begleiter standen im Halbkreis vor ihnen, fünfzig oder sechzig Menschen, Greise am Stock oder im Sattel, Frauen mit Kindern an der Brust. Auch Halbwüchsige waren dabei, die in wenigen Jahren selbst ihre erste gerade Linie zu Pferd bilden würden. Die Mädchen hatten ihre Tränen schon bei der Herde oder über dem Melkeimer geweint und konnten durchhalten, solange sich der singende Zug nicht in Bewegung setzte. Die Mütter hielten sich streng an die Sitte, dass beim Abschied keine Träne fallen durfte.

Als Kreisvorsitzender hielt ich eine kurze Rede, legte den Burschen ans Herz, das sozialistische Vaterland gut zu verteidigen, und, wenn es verlangt wurde, ihr Leben dafür einzusetzen.

Eine der Frauen begann wider alle Sitte laut zu schluchzen. Unter den Begleitern entstand ein dumpfes Raunen, den Burschen wurden die Augen feucht. Ich sagte: ›Die fünf Jahre werden euch wie fünf Tage vorkommen, wenn sie um sind. Auf Wiedersehen, Krieger!‹ Damit ging ich auf die Burschen zu, und das Volk kam mir nach. Ich wollte ihnen lächelnd die Hand drücken, aber als ich meinem Bajnak in die Augen sah, wurde mir schwindlig. Ich hatte den Burschen seit jener Nacht nicht mehr gesehen, und er kam mir abgemagert, verhärmt vor. Er wirkte noch männlicher und stand an der Spitze des Zuges. Ich berührte sein Knie, fasste ihn um die Taille, zog ihn an mich und umarmte ihn. Wie von Sinnen küsste ich ihn auf die Wangen und flüsterte: ›Mein Junge! Mein Junge!‹

Als ich ihn schließlich wieder losließ, sah ich seine wachen schwarzen Augen voller Tränen. So hatte mich auch meine Sujasch angesehen, und in diesen Augen stand die Frage: ›Hast du mich doch nicht verstoßen, Vater?‹

Da merkte ich, dass auch ich geweint hatte. Ich schämte mich und trat zu dem nächsten Burschen, um mit ihm die gleiche Szene zu spielen. Ich umarmte und küsste der Reihe nach alle Burschen, doch bei keinem verharrte ich so lange wie bei meinem Bajnak. Nachdem sich alle Anwesenden von den Reitern verabschiedet hatten, reichte ihnen eine weißhaarige Alte eine Schüssel Milch zum Kosten und schüttete den Rest über die Köpfe der Pferde. Dann kam der Befehl zum Aufbruch. Ein Marschlied wurde angestimmt, und der Zug setzte sich singend in Bewegung. Die Begleiter blieben zusammen, bis die Burschen im Steppendunst verschwunden waren und sich die Staubfahne in der Luft aufgelöst hatte. Ich war aufgeregt, wünschte allen Wegreitenden viel, viel Glück und war selbst glücklich, was ich aber vor der Welt zu verbergen suchte.

Über die Kriegszeit brauche ich dir nicht ausführlich zu erzählen, es wird genug davon berichtet. Wir arbeiteten bis zum Umfallen, schliefen nie genug, hungerten, froren, kratzten zusammen, was wir finden konnten, und gaben es an die Front. Ich wäre ein guter Genosse gewesen, hätte ich mich nicht so sehr für die Stütze der Erdkugel gehalten.

Von unseren Soldaten war selten etwas zu hören, denn viele konnten nicht schreiben. Im zweiten Jahr kam ein selbst verfasster Brief von meinem Bajnak. Er hatte also etwas gelernt! Aber das war nicht alles: Er war in seiner Einheit der beste Schütze und zum Unteroffizier befördert worden. Ja, der Junge war begabt, das hatte man schon immer gesehen, denn wer mit zehn Jahren wilde Hengste zuritt und mit dreizehn Wölfe erlegte, der musste begabt sein! Diese Nachrichten feuerten mich an, und ich zählte schon die Tage. Als noch genau tausend Tage übrig waren, nahm ich ein sauberes Brett, machte zehnmal hundert Bleistiftstriche darauf, stellte das Brett neben mein Bett und radierte jede Nacht vor dem Einschlafen einen Strich aus. Dabei stellte ich mir vor, wie ich mit meinem Sohn leben würde, wenn der Krieg zu Ende war.

Seltsamerweise wünschte ich ihm, was ich mir selbst versagt hatte. Heiraten sollte er und in einer großen weißen Jurte wohnen. Vielleicht hatte die Härte des Krieges meine in mir zur Krankheit erstarrte Dummheit zerschlagen, und große Stücke fielen heraus. Vielleicht war ich auf dem Weg der Genesung. Doch noch immer hegte ich die unsinnige Angst vor dem Gerede der Leute. Aber mein Vaterstolz wuchs mit jedem ausradierten Strich.

Im Oktober dreiundvierzig starb unser Parteisekretär an Lungenentzündung. In der Kreisleitung kam es zu einigen Veränderungen, ich wurde Parteisekretär. Kreisvorsitzender wurde ein neuer Genosse, den die Bezirksleitung geschickt hatte. Dieser Genosse war jung und bescheiden, er konnte aber eiserne Härte zeigen, wenn es darauf ankam. Zu seinem Stellvertreter ernannte man Zeweg, und der bisherige Stellvertreter wurde versetzt. Im ersten Augenblick war ich gekränkt, als ich erfuhr, dass ich meinen Posten aufgeben musste. Vorher hatte ich nie daran gedacht, dass ich einmal kein Kreisvorsitzender mehr sein könnte. Aber dann dachte ich: Die Partei ist alles, und wen hätten die Genossen von der Bezirksleitung zum Kreissekretär machen sollen, wenn nicht mich? Ich sah das ein.

Den neuen Genossen verehrte ich insgeheim und versuchte ihm nachzueifern, aber ich ließ mir nichts anmerken und spielte nach außen den Erfahrenen, kritisierte ihn wegen einiger Kleinigkeiten, belehrte ihn und gab ihm einen Ratschlag nach dem anderen, so wie es Dummköpfe eben tun.

Am 23. August 1945 war ich unterwegs zu einer *Yak*herde, in der eine Seuche ausgebrochen sein sollte, als ich vom Kreisvorsitzenden zurückgerufen wurde. Ich fand alle leitenden Genossen im Zimmer des Vorsitzenden versammelt. Der Kreisvorsitzende kam mir mit einem Blatt Papier in der Hand entgegen, gab es mir und sagte: ›Die anderen wissen schon Bescheid.‹ Ich nahm das Blatt, las die erste Zeile und erschrak, ich las noch einmal und noch einmal und begriff nichts. Was ich danach getan und gesagt habe, weiß ich nicht mehr. Wahrscheinlich habe ich dem Kreisvorsitzenden das Blatt zurückgegeben, vielleicht habe ich mich hingesetzt. Vor meinen Augen drehten sich rote und grüne Kreise, und in diesem rot-grünen Durcheinander standen unbeweglich die schwarzen Buchstaben, die sich zu diesem Sinn zusammenfügten: ... Bajnak entflohen ... auf dem Heimweg ... festnehmen ... notfalls erschießen ... Und dahinter hörte ich deutlich Zeweg. Er fluchte: ›Alle anderen liegen im Feuer, vergießen ihr Blut! Und der Kerl flüchtet! Was für eine Schande! Ich werde den Hundesohn eigenhändig umbringen!‹«

Dshaniwek verstummte, beide Hände gegen den Kopf gepresst. Unter der Lammfellmütze lugte ziegenweißes Haar hervor, seine Finger krallten sich hinein, sie kneteten Schläfen und Stirn, als sollte die alte Haut noch einmal durchgegerbt werden.

Es begann zu schneien. Der alte Dshaniwek fuhr flüsternd fort: »Es wurde eine Gruppe gebildet, die unter meiner Führung arbeiten sollte und zu der außer Zeweg noch weitere vier gehörten. Jeder bekam aus dem Lager des Kreises einen neuen Karabiner mit dreißig Patronen. Danach wurden Zielübungen veranstaltet. Als Erster feuerte Zeweg fünf Patronen auf einen alten Ofen, der den Uferhang herabgerollt wurde und die Brust des flüchtigen Bajnak darstellen sollte. Im Handumdrehen war der Ofen durchlöchert wie ein Sieb. Wir anderen schossen nicht, wir waren von der Treffsicherheit der Gewehre überzeugt.

Der Sommer war lang in jenem Jahr, und Anfang September war die Steppe vor dem Kreiszentrum noch grün. Die Zugvögel verspäteten sich um einen ganzen Monat. Erst Ende September übersiedelten die ersten Jurten in die Ebene des Ak-Chem.

Der Krieg war zu Ende und die Soldaten wurden zurückerwartet. Ihre Reitpferde standen schon seit Wochen am Pflock. Sie wurden selbst während des Umzugs nicht geritten, sondern vom Vater oder Bruder des Reiters am Strick geführt. Jeden Augenblick konnte es heißen: ›Sie sind da!‹

Auf Bajnak wartete kein Pferd. Auf ihn warteten sechs bewaffnete Männer, sie warteten Tag und Nacht, sie lauerten mit Fernglas und geladenem Gewehr. Auf ihn wartete seine gerechte Strafe, vielleicht sogar der Tod. Man wusste noch nichts über die Hintergründe seiner Flucht.

Ich konnte nachts nicht schlafen, starrte in die Finsternis und sah Bajnaks große Augen voller Tränen. Jener Abschiedstag war mir in Erinnerung geblieben. Die fünf Jahre waren um, und sie waren wie fünf Tage gewesen. Ich sah seine Augen voller Tränen und fragte in Gedanken: Warum hast du mir das angetan, mein Junge, warum? Manchmal flüsterte ich es, und wenn ich meine eigene Stimme hörte, weinte ich.

In einer solch schlaflosen Nacht, es war die vom 29. auf den 30. September, glaubte ich ein Geräusch vor der Tür zu hören. Ich lauschte angestrengt und sagte mir, wenn es ein Hund ist, wird er sich trollen, denn vor der Tür war nichts zum Fressen. Da es still blieb, glaubte ich, ich hätte mich getäuscht. Trotzdem stand ich auf und horchte an der Tür. Nichts. Doch ich brachte es nicht fertig, mich wieder hinzulegen, ich öffnete die Tür, trat hinaus und schrie vor Schreck leise auf. Ein hochgewachsener, breitschultriger Mann lehnte an der Wand. Es war eine schwarze Nacht, aber mein Herz erkannte ihn wieder, es konnte nur Bajnak sein. Statt in die Hütte zu laufen und die Mordwaffe zu holen, stürzte ich auf ihn zu, drückte ihn an mich und küsste ihm schluchzend Hals, Gesicht und Stirn. Ich weinte vor Freude, weil ich in dieser feuchten schwarzen Nacht nicht mehr allein war, weil dieser große, breitschultrige Mann mein Sohn war und weil er die tausend Berge und hundert Flüsse und den Tod, der ihn auf jedem Schritt seines Weges erwartete, besiegt und sich bis zu seinem Altai durchgeschlagen hatte.

Als ich mich von ihm losmachte, blieb er mutlos stehen und fragte leise: ›Weiß man hier Bescheid?‹ Statt ihm zu antworten, zog ich ihn hinter mir in die Hütte, schloss die Tür ab, zündete die Öllampe an und holte die Fleischschüssel herbei. Welcher gute Geist mich dazu veranlasst hatte, weiß ich nicht, aber ich hatte am Vorabend eine Menge Fleisch gekocht. Dazu schenkte ich ihm kalten Tee in eine Schale. Dies alles geschah in großer Eile.

Das Fenster hatte keine Glasscheiben, sondern war mit rasiertem Kalbfell bezogen. Ich stand am Herd und überlegte, was zu tun sei. Bajnak hockte schon über der Fleischschüssel, stopfte sich große Bissen in den Mund und kaute wie ein junges Kamel, das Kharaganadisteln zermahlt. Er steckte in einem zerlumpten Lawschak, der ihm viel zu klein war. Wo wird er ihn wohl gestohlen haben, dachte ich, und das Herz tat mir weh. Sein Gürtel war ein Stück altes Leder, das er vermutlich irgendwo von den Fesseln eines Pferdes gelöst hatte. Die Stiefelsohlen waren durchgelaufen und mit Draht zusammengehalten, aber die Schäfte waren fast neu. Um den Kopf trug er ein Tuch, das die lang gewachsenen Haare nicht ganz verdecken konnte, sie fielen ihm ins Gesicht und über den Lawschakkragen. Sein Gesicht war mager und sonnengebräunt, aber mit einem bleichen Schimmer. Die rissigen Lippen bluteten beim Essen.

Je langsamer Bajnak kaute, desto unruhiger wurde ich. Die Freude war verflogen. Über dem Bett hing der Karabiner, in seinem Lauf saß der Tod, vier Kugeln im Magazin. Ich hatte bis zum Tagesanbruch zu entscheiden, was mit diesem Menschen geschehen sollte, der ein Verbrecher war und doch eher einem ausgehungerten Heimkehrer glich, der wie ein Pferd nach seiner Heimat gesucht und sie nun endlich wiedergefunden hatte.

Bajnak war satt. Ich stand noch immer und sagte: ›Also!‹ Er ließ den Kopf sinken. Im Kasten fand ich eine Schachtel *Papirossy* und gab sie ihm. Bajnak hielt sie unschlüssig in der Hand, die sichtbar zitterte. ›Das letzte Mal habe ich vor neunundvierzig Tagen geraucht. Ich hatte nur eine Schachtel bei mir.‹ Damit öffnete er die Packung, zündete sich eine Papirossa am Feuer der Öllampe an und rauchte hastig. Er hustete, und große Schweißtropfen rannen ihm über die Schläfe.

›Im März vierundvierzig wurde unser Offizier an die Südgrenze versetzt‹, begann er leise. ›Ein neuer kam, und der hatte ein Mädchen bei sich. Erst hielten wir sie für seine Tochter, aber sie war seine Frau. Nur glich sie nicht jenen aufgeputzten Offiziersdamen, die an der Seite ihrer Männer durch das Lager stolzierten und den Soldaten Befehle erteilten. Sie war zu jedem freundlich und hatte im Nu das Herz der Truppe gewonnen.‹

Tag und Nacht, berichtete Bajnak weiter, wurde Gefecht geübt, und die Soldaten waren so erschöpft, dass sie in den kurzen Pausen einfach umfielen und auf der Stelle einschliefen. Aber wer nach einer solchen Übung das Mädchen sehen oder gar ein paar Worte mit ihr wechseln konnte, fühlte sich erleichtert. Das kann vielleicht nur der verstehen, der weiß, was es bedeutet, wenn Männer tausend Tage und tausend Nächte in der Steppe verbringen und plötzlich eine Frau in ihrer Nähe wissen.

Das Lager war auf einmal wie ein Zuhause, es hielt alle zusammen. Es wurde genau berichtet, worüber man sich mit ihr unterhalten, was sie gesagt und sogar welche Gesten sie dabei gemacht hatte. Jeder wollte beweisen, dass das Mädchen gerade zu ihm das größte Vertrauen hatte. Viele logen. Aber auch die Lügen wurden mit Spannung gehört, wenn nur ihr Name fiel. Der Frühling dort war nicht wie bei uns, es gab Sandstürme, und oft war der Himmel tage- und nächtelang nicht zu sehen. Im Sommer glühten Sand und Steppe, und der Regen verdunstete bereits in der Luft. Da bekam man noch stärkeres Heimweh und Lust, von Zuhause, von den Bergen und den großen weißen Wintern zu erzählen.

Das Mädchen stammte aus der Taiga, und wenn sie von den blauen Seen, den grünen Sommern und den Rentieren erzählte, kamen ihr die Tränen. Als Waisenkind lebte sie bei reichen Verwandten, wo der Offizier sie kennengelernt und gleich mitgenommen hatte. Nun wollte sie nach Hause zurück, hatte aber Angst, es ihrem Mann zu sagen, denn er war verschlossen und finster. Glich sie einem Stück der Sonne, so erschien er wie eine Wolke, die, wo sie auftauchte, Schatten und Schweigen verbreitete. Selbst den mutigsten Querköpfen floss der Angstschweiß, wenn sie vor ihn traten. Er schlug das Mädchen, und obwohl sie nicht darüber sprach, bekamen es die Soldaten irgendwie heraus. Er war eifersüchtig auf alle, am meisten aber auf Bajnak, vielleicht weil dieser als sein Stellvertreter am häufigsten in seiner Jurte verkehrte.

Bajnak verachtete ihn aus diesem Grund, verehrte und fürchtete ihn aber gleichzeitig wegen seiner übermenschlichen Ausdauer und seiner Fähigkeit, den Feind zu hassen. Er trug weder Orden, noch prahlte er mit seiner Vergangenheit, aber die Soldaten wussten, dass er viele Feinde getötet hatte und viermal verwundet worden war.

Entscheidende Tage standen bevor. Am 3. August wurde der Offizier in den Stab gerufen, von wo er am Abend zurückkam. In derselben Nacht brach die Einheit eilig nach Osten auf. Beim Morgengrauen waren viele Kilometer zurückgelegt. Die Steppe wimmelte von Reitern, Panzern und Autos, die alle gen Osten zogen. Dann kam der Befehl, anzuhalten und die Nacht abzuwarten. Tunsag, so hieß das Mädchen, flüsterte Bajnak im Vorbeigehen zu, dass ihr Mann allein an die Front gehen und sie unterwegs bei seinen Verwandten zurücklassen wolle. Sie aber wolle lieber in die Stadt und von dort nach Hause. Sie bat Bajnak, ihr bei diesem Vorhaben zu helfen. Ehe er ein Wort erwidern konnte, war sie gegangen.

Der Abend kam, und die Kolonne wartete abmarschbereit. Die Steppe dröhnte, der Mond stand am Himmelsrand. Der Offizier, Tunsag und Bajnak saßen im selben Wagen. Im letzten Augenblick vor der Abfahrt bat Tunsag, austreten zu dürfen. Voller Angst beobachtete Bajnak, wie sie ausstieg und auf die nahen Kharaganasträucher zulief. Er tastete seine Taschen ab, tat so, als hätte er etwas vergessen, und sprang ebenfalls vom Wagen.

Bajnak wollte Tunsag zurückholen, denn was sie vorhatte, war sinnlos. Als er sie jedoch hinter einem Strauch hockend fand, winzig wie ein Jungvogel, und ihr in die Augen sah, wusste er, dass er ihr helfen musste. Er drückte ihr seinen Revolver in die Hand und riet ihr, immer dem Polarstern nachzugehen. Bei Sonnenaufgang solle sie die Waffe wegwerfen. Bis zum Abend würde sie Menschen und Herden erreicht haben. Sie umarmte ihn schluchzend und sagte, sie würde ihn nie vergessen.

Als er sich umwandte, stand ihm der Offizier gegenüber. Mit einem Dolch in der Hand stürzte sich dieser auf ihn, und Bajnak hörte im Fallen, wie Tunsag aufschrie. Gleichzeitig fiel sein Blick auf dessen Revolver, den er ihm aus dem Halfter riss und den Hahn abdrückte. Der Schuss hallte dumpf, doch es dauerte noch etwas, bis der Mann zur Seite rutschte.

Bajnak stand auf und bat Tunsag, die anderen zu holen. Sie gab ihm stattdessen seinen Revolver zurück und sagte, er solle weglaufen, da man ihn sonst mit Sicherheit erschießen werde. Bajnak zögerte. Der Offizier richtete sich mühsam auf und drohte ächzend, er würde ihn eigenhändig umbringen, sobald er wieder auf den Beinen sei.

›Da begann ich zu laufen‹, schloss Bajnak. ›Der Mond war untergegangen. Ich richtete mich nach dem Polarstern und rannte weiter, bis der Morgen graute. Dann grub ich mich erschöpft unter einem Strauch in den Sand ein.‹ Er verstummte und zündete sich eine neue Papirossa an.

So war das also, dachte ich, beruhigt, weil er ja keinen Menschen umgebracht hatte. Aber sogleich fiel mir ein, dass er zu Kriegszeiten aus der Armee desertiert war. Dafür konnte er erschossen werden.

›Der Offizier war ein Schwein‹, sagte ich. ›Er wollte dir nur Angst machen, und du hättest dich beherrschen müssen. Jetzt kommst du nicht so leicht davon.‹ ›Ja, ich darf ihnen nicht in die Hände fallen‹, seufzte Bajnak. ›Nein!‹, sagte ich streng, ›du bleibst hier. Ich habe den Parteiauftrag, dich festzunehmen.‹ Bajnak war schon aufgestanden, er ging zur Tür. Ich riss das Gewehr von der Wand, zielte auf seine Brust und schrie: ›Und notfalls zu schießen!‹«

Der alte Dshaniwek hatte die letzten Worte tatsächlich geschrien, und nun versagte ihm die Stimme. Er starrte ins Feuer, und in seinem Auge war eine winzige helle Träne. Dann hat er abgedrückt, dachte ich und wünschte mir, er würde nicht weitererzählen. »Es schneit«, sagte ich.

Aber Dshaniwek hörte mich nicht, er fuhr fort: »Plötzlich sah ich den durchlöcherten Ofen vor mir, und ich konnte nicht abdrücken. Bajnak stand da, bleich im Gesicht. ›Vater‹, sagte er über den Gewehrlauf hinweg, ›weißt du, dass die Reise schrecklich war? Tagsüber habe ich mich versteckt, nachts bin ich gegangen. Zweiundsiebzig Tage, zweiundsiebzig Nächte. Und die Tage waren so lang. Manchmal habe ich in einer Felsenritze gehockt, der Stein war so hart, manchmal habe ich in einer Sandmulde gelegen, die Erde war so heiß. Wenn sich nachts die Sterne hinter Wolken verbargen oder die Berge den Nordwind aufhielten, dachte ich, ich schaffe es nicht. Weißt du, wie ich mich gefreut habe, als ich meinen Himmel, meine Berge und meine Steppe wiedersah und dir gegenüberstand? Obwohl ich glaubte, dass du mich verfluchen und schlagen und ausliefern könntest, bin ich zu dir gekommen, weil du der einzige Mensch bist, den ich auf der Welt habe. Und ich möchte das Grab meiner Mutter wiedersehen, mich danebensetzen und nach dem Muttergeruch suchen. Ich möchte meine Berge durchwandern, vom Gipfel über die weite Steppe schauen, den Steinziegen nachklettern, die Murmeltiere pfeifen hören und mich noch einmal an ihrem Fleisch satt essen. Ich möchte nachts im Gras liegen, den Tau kosten und die Sterne lesen, möchte beim Erwachen dem Vogelgesang lauschen, mich im Gras wälzen, aufspringen und mit dem Kochkessel zum Bach gehen. Ich möchte im Sommer vom Regen durchnässt werden und dann mit der dampfenden Erde in der Sonne trocknen, ich möchte winters im Schneesturm stecken und mich auf das Frühlingserwachen freuen. Ich habe niemanden umgebracht, ich bin kein Verräter, ich habe nur versagt, als ich einem anderen Menschen Gutes zu tun glaubte. Ich bin geflohen, weil ich leben wollte.‹ Er konnte nicht weitersprechen, er weinte.

Zwei Gewalten rissen an mir, die Pflicht und der Sohn. Und der Sohn siegte. Ich stellte das Gewehr beiseite, umarmte Bajnak und flüsterte: ›Geh und lebe. Doch du wirst nicht entkommen, mein grauer Hase.‹ Und er ging fort.

Die Soldaten kehrten heim, es gab große Feste. Lange fiel kein Schnee. Nur morgens war die Erde weiß vom Raureif. Tagsüber blies ein warmer gelber Wind aus Nordwesten, und man konnte weit in die Ferne sehen.

Jeder Bote, der kam, brachte ein Schreiben vom Bezirkszentrum. Man wurde ungeduldig. Bajnak sollte an vielen Stellen gesehen worden sein, aber es war immer ein Irrtum. Manche meinten, er wäre umgekommen, denn kein Mensch könnte zu Fuß eine solche Strecke zurücklegen, für die man mit Dutzenden von Pferden mindestens einen Monat brauchte. Andere wieder glaubten nicht, dass er sich auf dem Heimweg befand, sondern dass er Orte aufsuchen würde, wo niemand ihn kannte. Ich sagte nichts, ging nur mit einem schlechten Gewissen umher, weil ich meine Partei zum ersten Mal betrogen hatte.

Ich sah die gelben Berge mit den Eiskappen und versuchte mir vorzustellen, wo mein Bajnak wohl sein könnte. Ich dachte mit erlösender, warmer Liebe an ihn, manchmal aber auch mit Hass, weil er mich zur Lüge gezwungen hatte. Doch dieser Hass war nicht so groß, dass ich ihn deshalb hätte töten können.

Mitte November wurde ich ins Bezirkszentrum gerufen. Ich ritt nicht mehr im Höllentempo so mancher Staatsangestellter und beschimpfte auch nicht die Stationsköche und Pferdehalter, damit sie mich respektierten. Mir war nicht danach, und ich merkte, dass ich ein anderer Mensch geworden war. Ich bereute die Vergangenheit und fürchtete die Zukunft.

Im Bezirkszentrum fragte man mich, warum wir Bajnak bis jetzt nicht gefangen hätten. ›Da er nicht hier ist, können wir ihn ja nicht fangen‹, sagte ich und schämte mich dabei. Der Genosse antwortete, sie wüssten aus zuverlässiger Quelle, dass er da sei.

Der Bericht sei aus unserem Kreis gekommen. Er gab mir drei Wochen Zeit und entließ mich mit den Worten: ›Wenn die Gruppe nicht unter Ihrer Leitung arbeitete, Genosse, so würden wir glauben, dass ihr ihn nicht ausliefern wollt.‹ Sie verließen sich fest auf mich, und das beschämte mich noch mehr.

Ich sah die großen Steingebäude mit den rauchenden Schornsteinen und kam mir selber alt und müde vor. Traurig dachte ich: Könnte diese Zeit nicht für dich sein, mein Sohn?

Als ich zurückkam, fand ich Berg und Steppe verschneit. Beim Anblick der weißen Berge fürchtete ich, dass er in dem dünnen Lawschak vielleicht schon erfroren war, und mir kamen die Tränen. Wenn du auch die Kälte überstehst, du wirst doch nicht entkommen.

Am nächsten Morgen brach eine sechsköpfige Gruppe vom Kreiszentrum auf, um Bajnak zu jagen. Die Berge sollten von Norden nach Süden durchkämmt werden. Es hatte heftig geschneit, und der Wind war ausgeblieben, sodass alle Spuren gut zu lesen waren. Der Himmel stand hoch und blau. Es war kalt, die Luft war durchsichtig. Mit dem Fernglas konnte man Füchse auf die Entfernung einer halben Tagesreise ausmachen.

An die Aussage aus ›zuverlässiger Quelle‹ glaubte außer mir keiner, am allerwenigsten Zeweg, der murrte: ›Das ist nichts weiter als eine Spielerei! Der Hundesohn wird längst irgendwo verreckt sein!‹ Er hatte Sorgen um sein Vieh zu Hause. Seine Kulakenfrau war allein.

Es war nicht erlaubt, auf etwas anderes zu schießen, und das ärgerte die meisten. Sie sprachen nur wenig und starrten gelangweilt auf die weißen Berge. Ich war der Einzige, der suchte und glaubte, dass wir Bajnak finden würden.

Am Abend erreichten wir das Lager eines alten taubstummen Einsiedlers, der seit vierzig Jahren in einer Höhle hauste. Die Volksmacht hatte ihm etwas Geld und eine Hütte im Kreiszentrum angeboten. Er hatte zwar das Geld genommen, von der Hütte aber nichts wissen wollen. Er zog es vor, in seiner Höhle zu bleiben und von der Jagd zu leben. Zeweg wies mit dem Daumen zuerst auf sich, streckte dann den kleinen Finger vor, fuhr mit dem Zeigefinger über seine Oberlippe, führte ihn zum Auge und machte eine fragende Geste. Das sollte heißen: Hast du meinen Sohn gesehen? Der Taubstumme schüttelte den Kopf.

Drei von uns schliefen in der Höhle. Ich legte mich mit zwei jüngeren Genossen ins Freie, und der Taubstumme gesellte sich zu uns. Er wollte es unbedingt, da er warme Sachen trug. Es war eine schimmernde, kalte Nacht. Es knackte und krachte unter den Felsen. Ich schlief nicht. Auch die beiden anderen schliefen schlecht, es war zu kalt, eine Novembernacht zwischen Schnee und Sternen. Die Tränen gefroren auf dem Kopfkissen zu Eiskugeln. Nur der Taubstumme schlief fest. Gegen Morgen setzte ein schneidend kalter Westwind ein.

Die nächste Nacht verbrachten wir im Zelt eines Pferdehirten. Auch er hatte keinen Bajnak und keine

Spur gesehen. In der Nacht stand jemand auf und machte Feuer. Wir hatten die Schwarzen Berge, die Espenschlucht, Bajan, Taldag und Bulutug durchkämmt und keine Spur entdeckt. Das Murren wurde immer lauter, einige drängten sogar schon zum Heimritt, aber ich sagte: ›Solange wir die Berge nicht bis zum südlichsten Zipfel durchsucht haben, reiten wir nicht zurück.‹ ›Da brauchen wir mindestens zehn Tage!‹, rief einer entsetzt. ›Wir haben zwanzig Tage Zeit!‹, schrie ich. Der Gedanke, Bajnak könnte schon erfroren sein, war mir unerträglich. Ich suchte ihn wirklich und wollte ihn in Sicherheit bringen, bevor die richtige Winterkälte einbrach. Vielleicht wurde er doch nicht erschossen.

Ich forderte viel von der Gruppe. In gleichen Abständen über den Berghang verteilt, ritten wir im Schneckentempo und sichteten nach links und nach rechts. Kein Hase hätte uns entschlüpfen können. Ohne ausdrücklichen Befehl zu schießen war untersagt, und auf Befehl durfte nur geschossen werden, wenn Bajnak zur Waffe greifen sollte. Die Gruppe war ruhig, keiner wagte mehr zu widersprechen, ihre Mienen sagten jedoch deutlich, dass sie nicht an einen Erfolg glaubten.

Wir rückten in Richtung der Besch-Bogda vor. Der Wind drang uns bis ins Mark. Ich war wie von Sinnen und hasste die Männer, nicht weil sie meinen Sohn erschießen wollten, sondern weil sie ihn nicht finden konnten. Ich hasste auch Bajnak, weil er mir unentdeckt erfrieren wollte. Selbst die Todesstrafe kam mir nicht so schlimm vor wie die Kälte. Ich bereute, dass ich ihn damals hatte gehen lassen, ohne ihm wenigstens warme Sachen mitzugeben.

Gegen Mittag des vierten Tages rief der Mann, der ganz unten ritt: ›Hierher!‹ Ich war der Zweite von oben, aber als Erster bei ihm. Mein Pferd war wie auf Schlittenkufen den vereisten Steilhang hinuntergesaust. Ich sah die Spuren der zusammengeschnürten Stiefelsohlen, und mir wollte das Herz aus dem Leib springen. Er lebt, dachte ich voller Freude, aber gleich kam er mir vor wie der graue Märchenhase, der bis zu den steilen Felsen gehetzt wird, und er tat mir leid. Vergebens hast du dich auf dein Frühlingserwachen gefreut, mein grauer Hase, dachte ich.

Die Spuren waren frisch und wahrscheinlich vom Vortag. Sie führten vom Berg in die Steppe und waren weithin sichtbar. Die Männer standen verblüfft herum, und so kurz vor dem Ziel lag auf ihren Gesichtern Angst und Freude.

Wir ritten in gestrecktem Galopp, und im Nu waren die Pferde weiß. Sie waren von Eis bedeckt, das raschelte und klirrte. Solche Ritte unternahm man winters nicht. Dieser oder jener mochte glauben, ich ritte aus Mordsucht so rasend, deswegen wohl auch das spätere Gerede.

Die Fährte führte über Ak-Chem, Chara-Chöl und Orugtug. In Orugtug war der Weg schlecht, wir ritten hintereinander und in holprigem Trab. Ich zermarterte mir den Kopf, warum Bajnak wohl diesen weiten Weg eingeschlagen hatte. Die zunehmende Kälte konnte nicht der Grund gewesen sein, denn nirgends fand man so viel Schutz wie in den nördlichen Bergen. Vielleicht war ihm die Nahrung ausgegangen, aber dann hätte er Menschen und Tiere suchen müssen. Seine Fußabdrücke jedoch gingen in eine entlegene Gegend, wo nur Pferdehirten mit ihren Herden den Frühwinter verbrachten.

Plötzlich fiel es mir ein, Bajnak hatte uns gesehen. Der Himmel war mit jedem Tag blauer geworden, und sechs Mann auf Pferden waren auf dem Schneeweiß einen Tag weit zu sehen. Am Vortag hatte er uns entdeckt und war in der Nacht über die Steppe geflüchtet. Das war ein verzweifelter Schritt.

Hinter Orugtug führten die Spuren steil aufwärts in Richtung Chara-Adar. Gipfel und Hänge von Chara-Adar waren wie mit flüssigem weißem Porzellan übergossen. Aber die Schlucht zeigte Hunderte kleiner und großer schwarzer Stellen. Pferdeherden hatten dort gegrast. Sie lag leer und verlassen da. Die Herden waren einige Tage nach dem Schnee weitergezogen, die Pferde jedoch hatten den größten Teil der Erde vom Schnee freigeschlagen und den liegen gebliebenen Schnee zu Eis festgetreten. Die Spuren waren nicht mehr zu erkennen, aber wir brauchten sie schon nicht mehr.

Das Tal wurde immer enger und steiler. Die Seitenhänge waren wie zwei dicke Eiswände und der Himmel darüber nur ein schmaler blauer Streifen. Da entdeckten wir Bajnak am Ende der Schlucht. Er lief jedoch weiter, ohne sich um unsere Rufe zu kümmern, und verschwand hinter einem kleinen Felsen. Wir konnten nicht schneller reiten. Die Gesichter waren bleich, Zeweg begann über Bauchschmerzen zu klagen und blieb etwas zurück. Der Ausgang lag vor uns, dahinter ragten Felsen senkrecht in den Himmel. Sie waren mit gefrorenem Schnee bedeckt. Nur einige Spitzen stachen dunkel aus dem Weiß hervor.

Bajnak blieb nicht stehen, er sprang auf die vereiste Schneekruste und lief auf allen vieren weiter. Er lief und kletterte, fiel auf den Bauch, rutschte zurück, krallte sich fest, kletterte und kam weiter vorwärts. Ich schrie: ›Bajnak, lass den Unsinn! Du stürzt dich zu Tode!‹ Aber er gab nicht auf, kletterte weiter. Da befahl ich Feuer, um ihm den Weg abzuschneiden. Der enge Raum zwischen den Felswänden füllte sich mit Donnergetöse und schien bis in Schnee und Stein zu erzittern. Bajnak harrte mit eingezogenem Kopf auf der vereisten Fläche aus und kroch weiter, als die Schüsse verhallt waren. Ich schrie wieder: ›Kehr um, Bajnak! Du wirst nicht erschossen! Wir bürgen für dich!‹ Mir schnappte die Stimme über, und ich dachte nicht daran, dass mein Schreien sinnlos war.

Es war eine Qual, zuzusehen, wie Bajnak weiterkroch. Er konnte jeden Augenblick abstürzen, und dann hätten kein Gott und kein Doktor seine Reste jemals wieder zusammenflicken können. Endlich erreichte er eine der dunkel aufragenden Felsspitzen und verschwand dahinter. Die Schlucht lag längst im Schatten.

Der Wind legte sich, und der Abend kam. Pferde und Reiter zitterten vor Kälte. Wir beschlossen, Feuer zu machen, aber die Pferdeäpfel waren zu Stein gefroren und saßen fest im Schnee. Ich schickte drei der Männer zurück, um nach dem Lagerplatz des Pferdehirten zu suchen.

Indessen begann Bajnak in seinem Versteck zu arbeiten. Er klopfte mit Stein an den Felsen, bröckelndes Eis fiel herab. Wir glaubten, er wolle sich so vor dem Erfrieren retten.

Die drei Männer kamen erst in der Nacht wieder. Sie hatten im verlassenen Hirtenlager nur einen Pflock gefunden. Den spalteten wir zu Spänen und machten Feuer. Es wurde Mitternacht, bis die gefrorenen Pferdeäpfel so trocken waren, dass sie brannten. Einer musste dem Feuer ständig Luft zufächeln, und wenn ihm die Arme schmerzten, löste ihn der Nächste ab.

Die Nacht war kalt und lang. Wir hatten die Pferde nicht gefesselt, damit sie sich frei bewegen konnten. Aber sie standen und zitterten. Einer nahm sie an den Zügeln und führte sie auf und ab, damit sie nicht erfroren. Inzwischen war der Schnee im Topf geschmolzen, und das Wasser begann zu sieden. Wir hatten unsere letzte Hammelkeule in dünne Scheiben geschnitten.

Es war nicht wie sonst am Lagerfeuer. Wir alle schwiegen und lauschten, nur selten sprach einer ein Wort. Die Schlucht war dunkel und über ihr ein kleiner Streifen Helligkeit. Das kam vom wolkenlosen Sternenhimmel und dem Schneeschimmer. Der Mond ging erst spät auf.

Bajnak arbeitete ununterbrochen weiter. Es war unheimlich, und ich musste an das Murmeltier denken, das weitergräbt, bis ihm nur die blutenden Krallenstümpfe bleiben.

Irgendwann machten wir uns ans Essen. Wir ließen den Topf auf dem Feuer stehen, fischten mit den bloßen Händen die Fleischscheiben heraus. Die Finger spürten die Hitze nicht mehr. Einer der Männer rief: ›Bajnak, willst du ein Stück Fleisch?‹ Fleisch macht den Wolf, sagt man. Bajnak hörte auf zu arbeiten. Der Mann fuhr fort: ›Du musst etwas näher kommen, wir können nicht so weit werfen.‹ Nach einer Weile antwortete Bajnak: ›Ein fettes Stück könnt ihr schon am Herd liegenlassen, wenn ihr am Morgen weggeht.‹ Seine Stimme klang bittend. Da meldete sich Zeweg: ›Wir gehen von hier nicht weg! Du hast Zeit bis Sonnenaufgang, Genosse Bajnak!‹ Bajnak rief zurück: ›Dasselbe sage ich euch, Genosse Vater! Stellt euch schon darauf ein, dass ihr von hier verschwindet!‹ Wir sahen einander schweigend an, im Mondschein wirkten die Gesichter bleich.

Bajnak arbeitete noch hastiger, als wollte er Versäumtes nachholen. Das wenige Fleisch und die Brühe hatten uns nicht erwärmt, aber der Morgen war nicht mehr fern.

Als es hell wurde, sahen wir, dass Bajnak die ganze Felsspitze abgebrochen hatte. Die Brocken waren zu einem Mauerbogen geschichtet. Dahinter lag ein Hügel aus Eisklumpen. Ich fragte die Männer, was wir ihrer Meinung nach nun machen sollten. Zeweg sagte, die Hälfte der Gruppe solle als Wache hierbleiben, während die andere ins Kreiszentrum reiten, das Bezirkszentrum benachrichtigen und warme Sachen,

Nahrung, Brennholz und ein Zelt mitbringen sollte. Der Jüngste unter uns hielt das für einen Umweg. Er schlug vor, dass einer unter dem Feuerschutz der anderen Bajnak nachstieg. Die Meinungen waren geteilt, und man wartete auf meine Entscheidung, Angriff oder Rückzug. Ich überlegte und war mir nicht sicher, ob er schießen würde. Noch weniger mochte ich glauben, dass er auf seinen Vater oder einen anderen Landsmann schießen könnte.

Da rief Bajnak: ›Die Sonne ist aufgegangen. Das ist meine letzte Warnung. Ich zähle bis zehn. Eins, zwei ...‹ Wir sahen uns an, und ich dachte: Er ist am Ende, diese Drohung ist ein letzter verzweifelter Versuch. Er musste Hunger haben, und mir fiel das fette Stück Fleisch ein, das er sich gewünscht hatte. Ich sah zum Himmel hinauf, er war so unsagbar weit. ›... sieben, acht, neun, zehn.‹ Der oberste Felsen schwankte, stürzte von der Mauer und sauste auf uns zu. Jetzt endlich begriff ich, was er vorhatte. Ich war wütend und schrie: ›Lass diese Dummheiten, Bajnak! Du bringst eine Menge Menschen um!‹ Der Fels verfehlte sein Ziel nur um ein Haar. Menschen und Tiere stoben schreiend und wiehernd auseinander, der Fels hüpfte weiter die Schlucht entlang und schlug zehn oder zwanzig weitere Steine los, es war ein Getöse, als wollten Himmel und Erde zerbersten. Ich befahl: ›Feuer!‹ Hier und da krachte ein Schuss, schon kamen die nächsten Felsbrocken herunter, und uns blieb nur noch die Flucht. Ich heulte vor Wut, stürzte mehrere Male, und bei jedem Sturz dachte ich, es hätte mich erwischt. Ein Pferd wurde von einem kesselgroßen Stein getroffen, es brach zusammen, und der Schnee um seinen Körper färbte sich rot.

Ich verabscheute Bajnak, ich hätte ihn umbringen können. Aber ich floh, und vor mir flohen die anderen Männer, und vor uns flohen in Panik die Pferde. Fels- und Eisbrocken flogen uns nach, holten uns ein, überholten uns, es war, als flutete eine gewaltige Lawine auf uns herab.

Am Ausgang der Felsenschlucht wandten wir uns nach links und blieben keuchend stehen. Es verging geraume Zeit, bis der Erste die Sprache wiederfand und sagte: ›So etwas!‹ Alle wunderten sich, dass sie mit dem Leben davongekommen waren. Außer dem einen Pferd waren alle unversehrt, aber wir waren geschlagen. Ich kochte vor Wut und rief: ›Zu den Pferden!‹ Diese standen etwas abseits, immer noch unruhig und voller Todesangst. ›Wohin?‹, fragten die anderen. Ärgerlich schrie ich: ›Wohin wohl, nach Hause etwa, zu den Weibern?‹ Wortlos gehorchten sie mir. Der Reiter des erschlagenen Pferdes war ein dürres Alterchen, Borwa geheißen, der saß nun hinter einem jüngeren Genossen auf.

Dir elendem Schuft, schwor ich mir, werde ich nachklettern, und wenn ich mich zum Krüppel stürzen sollte. Eigenhändig werde ich dich festnehmen oder erschießen! Ich hasste ihn, wie ich noch keinen Menschen gehasst hatte. Er war meines Vertrauens nicht mehr würdig.

Als wir wieder in die Schlucht ritten und den steilen Gipfel über uns sahen, sagte Zeweg: ›Wäre es nicht besser, doch den Umweg zu nehmen, wie ich vorgeschlagen habe?‹ Die anderen Männer schwiegen. Ich sagte bissig: ›Ich werde ihm nachklettern. Ihr könnt meinetwegen unten bleiben und euch absetzen, falls er wieder etwas finden sollte, um euch zu bombardieren.‹ Ich nahm jedoch an, dass er nichts mehr haben würde, womit er uns in die Flucht schlagen konnte.

Schweigend ritten wir den Weg hinauf. Zeweg klagte nicht mehr über Bauchschmerzen, ritt aber als Letzter, er war mir zuwider. Umso mehr Entschlossenheit wollte ich zeigen. Viel Mut würde dazugehören, einem Bewaffneten über dieses Eis nachzuklettern und ihn herunterzuholen. Ich war besessen, und mich schauderte, als mir der König einfiel, der seine eigene Brut abschlachtete. Ich wurde unsicher. Vielleicht hatte Bajnak noch Fels- und Eisbrocken, die er auf uns herabjagen konnte. Ich wünschte es mir fast, denn dann wäre es besser, ihm nicht nachzusteigen.

Da wurde der Fels sichtbar, hinter dem Bajnak sein Versteck hatte. Der Stein- und Eishaufen war nicht mehr da. ›Er hat seinen ganzen Vorrat abgefeuert‹, rief einer erleichtert. Kaum waren diese Worte ausgesprochen, erblickten wir Bajnak in fünf Schritt Entfernung, die Pistole in der Hand. Erschrocken blieben wir stehen. Jetzt ist es aus mit mir und dir, mein Sohn, dachte ich. Die Wut war weg, der Mut war verflogen. Nur Mitleid war geblieben, in das sich etwas wie Stolz mischte. Bajnak sah wild aus, er glich keinem Sterblichen. Sein Gesicht war bleich, die Züge noch schärfer, das wirre schwarze Haar flutete glänzend über die Schulter herab, der Mund war blutverschmiert, seine Brust schien noch breiter geworden. Die mit Draht zusammengeschnürten Stiefel und der an siebenundsiebzig Stellen geflickte alte *Ton* standen ihm wie die ausgesuchteste Festtagskleidung. Wie ein seltener Schmuck hing an seinem Gürtel ein Schneehuhn, zwei gefrorene Blutstropfen klebten am Hals des Vogels gleich roten Perlen.

›Bleibt still im Sattel sitzen und hört gut zu, Brüder!‹, begann Bajnak. Die Pistole in seiner Hand zielte auf uns. Wir hatten die Karabiner geschultert. ›Ich zähle jetzt bis drei‹, fuhr er fort, ›und ihr lasst die Waffen fallen. Die linke Hand bleibt dabei am Zügel. Und keine Tricks, ich schieße nicht vorbei. Also: eins!‹ Er wartete. Die Männer saßen blass und starr im Sattel, ihre Blicke waren auf mich gerichtet. ›Zwei!‹ Zeweg entledigte sich seiner Waffe, die anderen folgten ihm, ich als Letzter. ›Nun die Patronengürtel!‹, befahl Bajnak. Er ließ die Hand mit der Pistole sinken und sagte leise: ›Reitet ein Stück zurück.‹ Wir gehorchten.

Er nahm die Patronen aus den Gewehren und legte Waffen und Munition auf einen Haufen. Dann packte er eines der Gewehre mit beiden Händen am Lauf, blieb vorgebeugt stehen und sagte: ›Ich bin nicht verrückt, ich habe nur Hunger. Seit drei Tagen habe ich nichts gegessen. Ihr habt mich grausamer verfolgt als der Wolf sein Opfer. Keinen Bissen Fleisch habt ihr mir zurückgelassen. Auf diesen faustgroßen Vogel habe ich so fieberhaft gezielt wie noch auf keinen Bären. Aus der Luft habe ich ihn aufgefangen und ihm das Blut ausgesaugt. Und ich hätte ihn so gegessen, wärt ihr nicht zurückgekommen. Wisst ihr, wie das ist, wenn einem der Hunger Hirn und Eingeweide verbrennt?‹ Die letzten Worte schrie er, seine Augen rollten, sein Gesicht verzerrte sich.

Dann ging er, das Gewehr am Lauf gepackt, auf einen spitzen Felsen zu und schlug den Kolben dagegen, dass die Splitter flogen. Er sammelte sie zu einem Haufen, zerbiss eine Patrone, schüttete das Pulver über die Späne und entfachte ein loderndes Feuer. Hastig rupfte er das Schneehuhn und hielt es in die Flamme. Schon lange sah er nicht mehr zu uns herüber, und er hätte nicht bemerkt, wenn sich ihm einer genähert hätte, so vertieft war er in die Arbeit. Aber in diesem Augenblick dachte keiner von uns daran, Hand an ihn zu legen, wir sahen ihm nur erstaunt zu. Die Angst war verflogen, und die Furcht vor dem Gesetz war noch nicht erwacht.

Bajnak hielt den winzigen Vogelleib in beiden Händen, blies darauf und biss hinein. Er kaute hastig und spie die Knochen aus. Im Nu war der Vogel verzehrt. Zum Schluss stopfte er sich eine Handvoll Schnee in den Mund. Dann sah er zu uns auf und sagte: ›Verzeiht mir, dass ich euer Leben in Gefahr gebracht habe. Ich will keinem etwas tun, aber ich will leben, solange ich kann. Es ist die Not, die einen zum Dieb, vielleicht auch zum Mörder macht. Diesen alten Ton habe ich gestohlen, um nicht zu erfrieren. Später habe ich dem Besitzer, einem armen alten Mann, dafür zwei Fuchsfelle vor die Jurte gelegt. Ich würde ihm noch manches bringen, denn der Ton ist mir mehr wert als großer Reichtum. Aber ich muss mich hinschleichen wie ein Dieb, und es ist möglich, dass ich dabei wieder etwas stehle, zum Beispiel ein paar tuwinische Stiefel, denn meine Soldatenstiefel werden den Altaiwinter nicht überstehen. Verzeih mir, du weißhaariger Bruder Borwa, weil ich dir das Pferd erschlagen habe. Mein Leben lang werde ich nicht vergessen, dass ich in deiner Schuld bin. Verzeih mir, du Bruder, dem das zerschlagene Gewehr gehört. Allein du weißt nicht, was ein Bissen brandheißes Fleisch bedeuten kann. Verzeiht mir, Brüder, Vater, alle, dass ich euch die Patronen wegnehmen werde. Damit werde ich versuchen, zu leben und meine Schulden zurückzuzahlen, so gut ich kann. Jeder Wolf wird sterben, dem ich auf die Spur gerate. Verzeihen möge mir mein Volk, weil ich ihm meine Kräfte entziehe und nur Unruhe stifte. Doch ich will versuchen, ihm Härten abzunehmen. Ich säubere jeden Weg und Pfad, auf dem ich wandere, bessere verlassene Hütten und Ställe aus, erneuere alte Brunnen und helfe den Hirten und ihren Herden bei der Suche nach guten Weideplätzen.‹

Zuerst hatte er ruhig gesprochen, dann verlor er sich in Leidenschaft, und Tränen traten ihm in die Augen. Auch ich weinte, ich hatte alle Gefahr vergessen, war stolz auf den schönen jungen Mann, der um jeden Preis leben wollte, und ich wünschte, dass er lange, lange leben würde.

Es war ein schöner Morgen, hoch über der Schlucht spannte sich der Himmel wie dunkelblaue Seide, und trotz der Kälte spürte man einen Hauch

Sonne auf der Haut wie eine Verheißung des kommenden Frühlings.

Bajnak suchte sich ein Gewehr aus dem Haufen, schulterte es und schnallte sich zwei gefüllte Patronengurte um den Leib. Dann sagte er: ›Vielleicht ist es eines dieser Gewehre, aus dem mich eines Tages der Tod trifft, aber ich gebe sie euch zurück.‹ Damit brachte er uns die leeren Gewehre und Patronengürtel. Wir blieben stumm, so wie wir die ganze Zeit dagestanden hatten. Das zerschlagene Gewehr gehörte Zeweg, er stand ganz hinten, und seine Hand zitterte, als er den nackten Gewehrlauf entgegennahm.

Bajnak stand wie ein Denkmal und sah uns nach. Als wir uns ein Stück entfernt hatten, rief er: ›Verzeiht, Brüder, verzeih, Vater, ich kann nicht mehr zurück!‹ Der alte Borwa seufzte: ›Der Junge ist verloren.‹ Zeweg fügte hinzu: ›Auch wir sind verloren.‹ Ich weiß nicht, ob auf dem Heimweg noch ein Wort gesprochen wurde.

Nach Mitternacht kamen wir im Zentrum an. Schon am nächsten Morgen wurde ich ins Krankenhaus gebracht. Ich hatte Lungenentzündung bekommen. Fünf, sechs Tage war ich nicht richtig bei Bewusstsein. Später hörte ich von meinem Bettnachbarn, dass ich tage- und nächtelang von Bajnak als von meinem Sohn geredet hätte.

Die Lungenentzündung hatte ich bald überstanden, aber mit dem Herzen war etwas nicht in Ordnung. Ich sollte versuchen, an nichts zu denken, riet mir der Arzt. Doch werden die Ärzte jemals ein Mittel gegen die Gedanken erfinden?

Es wurde ein langer Winter. Das Krankenhaus hatte nur ein Zimmer mit acht Betten und nur zwei Angestellte, den Unterarzt und die Schwester. Die Leute waren damals mit dem Krankenhaus noch nicht so vertraut. Wir lagen meistens zu dritt und zu viert im Zimmer. Nur Schwerkranke wurden eingeliefert. Sie starben oder genasen, keiner jedoch blieb so lange wie ich. Acht Menschen starben in jenem Winter in diesem Krankenhaus, darunter vier junge Mütter und zwei kleine Jungen.

Einer von ihnen ist mir unvergesslich geblieben. Er war sieben Jahre alt und wollte ein so vortrefflicher Jäger werden wie sein großer schöner Bruder vom Berg. ›Wer ist dein großer schöner Bruder vom Berg?‹, fragte man ihn. Das dürfe er niemandem verraten, sagte der Junge. Aber er kam immer wieder auf seinen großen schönen Bruder zu sprechen. Es ging ihm immer schlechter, und an einem Schneemorgen starb er. Die ganze Nacht hatte er mit dem Tod gerungen. Er wollte wissen, ob es auch im Gebirge schneite. Ich ging hinaus, damit er nicht sah, dass ich weinte. Im Gebirge schneite es tatsächlich. Als der Junge das hörte, sagte er: ›Dann muss mein schöner großer Bruder vom Berg …‹ und verstummte. Erst gegen Mittag entdeckten wir, dass er tot war.

Die Kranken erzählten von ihren Eltern, ihren Männern, ihren Frauen, von den Tieren, die bald jungen mussten, und von bösen und guten Mitmenschen. Sie machten sich Sorgen um ihre Familien, freuten sich auf ihr Zuhause. Ich hatte kein Zuhause, auf das ich mich hätte freuen können, auch auf die

Arbeit freute ich mich nicht. Und von meinen Sorgen durfte ich keinem etwas sagen. Auch über Bajnak wurde gesprochen, aber nur wenn ich schlief oder gerade nicht im Zimmer war. Manchmal stellte ich mich stundenlang schlafend, um die wichtigsten Neuigkeiten mitzubekommen.

Einen Tag nach unserer erfolglosen Aktion war eine Gruppe von der Staatssicherheit eingetroffen. Sie hatte die Berge nach China hin durchsucht, war jedoch nach zwei Wochen ins Bezirkszentrum zurückgekehrt, ohne eine Spur von Bajnak entdeckt zu haben.

Bajnak wurde bewundert und bemitleidet. Schinak, ein Mann meines Alters mit dem Spitznamen Blau, weil er ein Leberleiden hatte, erzählte, dass er Bajnak regelmäßig Tabak, Salz, Tee und getrockneten Quark gebracht habe. Gegen Ende des Winters hieß es, er sei abgeholt worden.

Manchmal bekam ich Besuch von der Kreisleitung. Mir fiel auf, dass sie mich mit ›Genosse Dshaniwek‹ anredeten und nicht mit ›Genosse Chef‹ oder ›Genosse Parteisekretär‹ wie früher. Doch das kränkte mich nicht, es fiel mir nur auf. Einmal besuchte mich der Kreisvorsitzende. Er sagte, dass allerhand Arbeit auf mich warte, und wünschte mir schnelle Genesung.

Am 12. April wurde ich aus dem Krankenhaus entlassen. Ich verbrachte einen langen Tag und eine lange Nacht in meiner Hütte. Tags darauf ging ich zur Arbeit, und am Nachmittag war eine Versammlung des Parteivorstands. Auch ein Vertreter der Bezirksleitung war anwesend. Behandelt wurde der Fall Dshaniwek. Sie wussten, was ich im Fieber geredet hatte. Obendrein beschuldigte mich Zeweg, unsere Gruppe absichtlich zu Bajnak geführt und ihm die Waffe in die Hand gespielt zu haben. Ich berichtete, wie alles gewesen war, erzählte auch von Bajnaks nächtlichem Besuch, wies aber Zewegs Anklage zurück. Mitten in die Versammlung kam der Bleiche Galsan hereingestürzt und rief: ›Ich habe Bajnak gesehen! Er übernachtet in Chara-Choow in der Jurte der alten Dowaj!‹

Die Verhandlung wurde unterbrochen. Der Kreisvorsitzende sah mir scharf in die Augen und sagte: ›Genosse Dshaniwek! Sie haben die Partei einmal belogen. Ob Sie die Genossen absichtlich in Gefahr gebracht haben, wird noch geprüft. Aber wir geben Ihnen jetzt Gelegenheit, sich zu bewähren. Sie werden die Gruppe wieder leiten. Das ist auch für uns von Vorteil, denn Bajnak hat zu Ihnen das größte Vertrauen. Das nutzen Sie aus, um ihn festzunehmen. Geschossen wird nur im Falle ernsten Widerstands.‹

Kurz vor Morgengrauen trafen wir in Chara-Choow ein. Ein lauer Wind wehte den Geruch von frischem Grün und warmen *Hürden* ins Tal. Vor der Biegung in der Talmitte ließen wir die Pferde mit dem Kurier zurück und näherten uns dem Lager auf fünf bis sechs Stricklängen.

Jurte und Hürde schliefen. Ein Hund war nicht zu sehen, an der östlichen Ecke des Walls stand eine Wolfsscheuche. Ich zeigte den Männern, wo sie ihre Posten beziehen sollten, Buraj in der Mulde vor dem großen Murmeltierbau, Zeweg hinter der Wolfsscheuche, Pagwa und Daka hinter dem Felsen im Westen. Für mich und den Kreisvorsitzenden sowie den Mann aus der Bezirksleitung wählte ich diesen Felsen hier.

Wir versteckten uns in der Felsritze dort oben. Die Jurte stand so nah, dass man mit einem Steinwurf jede herauslaufende Maus erwischt hätte. Wir schwiegen, die geladenen Gewehre in den Händen.

Ich sah die letzten Sterne, die schwach herunterblinkten, sah die Jurte, die friedlich schlummerte und nicht ahnte, dass hundertfach der Tod um sie lauerte, und ich stellte mir vor, wie es dort drinnen wohl aussehen mochte. Die alte Dowaj kannte ich. Vor reichlich zehn Jahren war ihr Mann gestorben, und seitdem lebte sie mit ihrer einzigen Tochter Gumaj hier in dieser verlassenen Gegend. Sie sollte etwas starrköpfig sein, und Ähnliches wurde auch von ihrer Tochter erzählt. Eine Berg- und Flussjungfer nannte man Gumaj. Aber sie war eine junge Frau, und eine Menge Burschen hatte sich um sie beworben, sie hatte jedoch keinen erhört.

Ich dachte, dass Bajnak jetzt glücklich war, und wünschte mir, dass die Nacht noch lange dauerte. Doch es wurde bald Tag, die erwachenden Tiere meckerten und blökten, die Vögel zwitscherten. Die Jurtentür öffnete sich, und unter dem letzten gelben Schein der frühen Dämmerung trat die Tochter heraus. Sie blickte in alle Himmelsrichtungen, zog die Rauchöffnungsdecke zurück und ging austreten. Bevor sie wieder in die Jurte ging, sah sie sich noch einmal vorsichtig um. Uns konnte sie nicht entdecken, weil die Felsritze noch im tiefen Schatten lag.

In der Jurte ging Licht an, Rauch stieg aus der Öffnung, und Kessel und Kelle klapperten. Die Jurtentür öffnete sich wieder, und ein hoch gewachsener Mann kam heraus. Es war Bajnak. Er hob die Hand über die Augen und schaute den Weg entlang, der talaufwärts führte. Die Männer duckten sich und sahen mich fragend an. Ich musste die Zeit nutzen, solange mir Bajnak den Rücken zuwandte. Ich verließ die Felsspalte und stieg lautlos hinunter. Zwischen uns lagen kaum zehn Schritte.

Ich war mir sicher, dass er sich friedlich ergeben würde, und wollte ihn gar nicht erst erschrecken. Deshalb rief ich nur halblaut: ›Ergib dich, Bajnak, du bist umzingelt!‹ Bajnak drehte sich so heftig um, dass ihm die Fuchsmütze vom Kopf fiel. Statt die Hände zu heben, fuhr seine Hand in den Brustlatz! Ich riss das Gewehr hoch und schrie: ›Lass das sein, Bajnak!‹ Er warf seine wilde schwarze Mähne zurück wie ein kampflustiger, übermütiger junger Hengst, packte die Pistole und streckte den Arm aus. Was sollte ich tun? Hätte ich ihm nur einen Augenblick Zeit gelassen, er hätte uns nacheinander abgeknallt. Ich drückte ab.«

Obwohl ich darauf gewartet hatte, zuckte ich zusammen. Der alte Dshaniwek schwieg. Es schneite in großen Flocken, der Himmel schien sich in Weiß aufzulösen. Das Feuer war heruntergebrannt. Nur ein paar halb verkohlte Dungreste qualmten noch.

Die Stille war quälend. Aber ich hatte nicht die Kraft, aufzustehen und Dung zu holen. Dshaniwek starrte mit trockenen Augen in den Rauch.

Endlich fuhr er flüsternd fort: »Hast du schon einmal eine junge Lärche gefällt? Hast du gesehen, wie sie umstürzte, gehört, wie es krachte, im Wald widerhallte und dann langsam still wurde? Das Echo des Schusses wurde von den Felsen zurückgeworfen, es klang, als würde aus mehreren kleinen und großen Gewehren geschossen. Bajnak war gefallen wie eine junge Lärche. Er lag im Blut wie ein junger roter Altaihirsch.

Aus der Jurte kam die Tochter gestürzt, schrie gellend auf und brach bewusstlos zusammen. Die Mutter lief zu ihr, warf sich über sie und stieß Verwünschungen aus. Die Männer standen keuchend und betreten um das Opfer herum, die Waffe noch in der Hand, so wie der Jäger vor dem toten Wild, der Flößer vor dem toten Baum steht.

Die Erde war noch hart gefroren. In der Jurte fanden wir nur einen alten gekrümmten Spaten. Damit gruben wir mühsam einen seichten Graben, in dem der Tote kaum Platz fand. Als wir ihn trugen, fasste ich ihn unter den Armen, und mir wurde übel vom Blutgeruch. Ich drückte seinen Kopf an meine Brust, krallte Halt suchend meine Finger in seinen Ton. Wir legten ihn ins Grab, so wie er war, die Fuchsmütze bedeckte sein Gesicht. Vereiste Erdklumpen fielen darüber. Was dann geschah, weiß ich nicht mehr.

Am nächsten Tag kam ich im Krankenhaus wieder zu mir. Man hatte mich auf einem Kamel im

Dachfilz der alten Dowaj hingebracht. Die Jurte und das Vieh der Alten wurden in das *Chomdu*-Tal geschafft. Ich dachte, ich müsste sterben. Doch nach zwölf Tagen wurde ich entlassen und ging sofort zur Kreisleitung.

Die Verhandlung über meinen Fall ging weiter, sie war schnell zu Ende. Sie sagten, dass ich meinen Auftrag diesmal gewissenhaft erfüllt hätte, und bedauerten, dass es so gekommen war. Wegen meiner geschwächten Gesundheit boten sie mir an, Vorsteher der Kooperative zu werden. Das lehnte ich ab, aber nicht aus gekränktem Stolz, weil ich nun nicht mehr Parteisekretär sein sollte. Die letzten Monate hatten mich zu einem anderen Menschen gemacht.

Bajnaks Tod war für mich der Schlag, den jeder Betrunkene bekommen muss, um wieder ganz nüchtern zu werden. Ich hätte im Staatsdienst bleiben können, aber ich dachte: Warum unbedingt ich? Es gibt Jüngere, die nicht nur Willen, sondern auch Wissen besitzen. Ich halte das für eine Krankheit der Menschen, wenn sie nicht zugeben wollen, dass sie allmählich alt, gebrechlich und für ihre Arbeit untauglich werden und so der fähigeren Nachkommenschaft im Weg stehen. Nein, dachte ich, du wirst das machen, wozu du gerade noch gut bist.

In jenem Jahr hatten wir einen bösen Frühling. Mitte Mai fiel dicker Schnee auf Berg und Steppe, dann kam ein Schneesturm, der tagelang anhielt. Der Schnee lag bis zur Mitte des nächsten Monats. Eine Viehseuche brach aus, und ganze Herden gingen ein. In der Morgenkühle, in den Wolken, auf den Gesichtern der Menschen, überall lag etwas Bedrückendes. Der Sommer ließ auf sich warten.

Ich war noch immer ein rechter Habenichts, nicht einmal ein Pferd besaß ich. Was ich heute besitze, einige Pferde, das Sattelzeug, das Gewehr und das Zelt, das habe ich mir vom Einkommen meiner neuen Arbeit angeschafft. Ich wurde Kamelzüchter. Ich wurde es, weil sich kein anderer Hirte für ein paar Kamele der eben erst gegründeten Genossenschaft fand. Von meiner neuen Arbeit will ich nur so viel sagen, dass sie schwerer ist als die vorherige.

Am 23. Mai trieb ich meine Kamele von Sar-Chöl nach Borgasun. Pferd und Zelt hatte mir die Genossenschaft gegeben. Hinter Ala-But begegnete ich einer Gruppe mit Zeweg und zwei anderen von der Kreisleitung. Sie waren auf der Suche nach Gumaj, die seit vier Tagen verschwunden war.

Ich machte einen Abstecher nach Chara-Choow. Ich wollte meinem Sohn wieder einmal nahe sein.

Das Tal lag schneebedeckt und verlassen da. Von den winzigen Stellen mit kümmerlichem Grün und dürren Schneeglöckchenbüscheln flüchteten ein paar magere Murmeltiere zu ihren Löchern. Als ich mit meiner Herde die Talbiegung erreichte, wo wir in jener Nacht die Pferde mit dem Bleichen Galsan zurückgelassen hatten, hörte ich eine Frauenstimme singen:

Tu dich auf, mein steiler Fels!
Dir möcht ich meinen Einzigen anvertrauen!

Ich bin nie gläubig gewesen, aber da wurde mir unheimlich. Und als ich mich dem Lager näherte, die Herde hinter mir ließ und auf die verschneite Hürde zuritt, hörte ich wieder die Stimme, diesmal ganz nah:

Komm schnell, du lieber Altaigeist!
Erwecke mir meinen Recken zum Leben!

Ich blieb stehen und glaubte *Bugtu-Girisch* mit ihrem *Buga-Dsharin* in der Felsritze zu sehen. Aber da hockte Gumaj in gürtellosem Ton und mit zerzausten Haaren. Was vor ihr lag, in Ton und Stiefeln, das konnte nur der tote Bajnak sein! Ich schrie auf und ritt ein Stück zurück. Die Kamele standen dicht gedrängt. Beim Wall stieg ich ab, machte den Zügel an einem Stein fest und ging auf die Irre und den Toten zu. Das Mädchen hielt die zusammengerollte Pelzmütze im Schoß, wiegte sie und sang:

Bist du heute auch nur daumengroß,
morgen wirst du König sein, mein Sohn!

Sie streckte mir lächelnd die Hand entgegen und sang weiter:

Er ist gekommen, der liebe Altaigeist,
er wird dir den Vater wiedererwecken!

Dann verstummte sie, und ihr Gesicht verfinsterte sich. Sie starrte mich an. Sie nahm aus der Fuchsmütze einen schmalen blauen Stein, schrie ›Mörder!‹ und sprang auf mich los. Ich spürte einen Schlag an der Stirn, stürzte mich auf sie. Wir fielen in den Schnee. Ich lag über ihr, hielt sie fest, band ihr mit meinem Gürtel die Hände auf dem Rücken zusammen. Mir dröhnte der Kopf, die blutende Wunde auf der Stirn brannte. Aber ich konnte Gumaj nicht loslassen, um mir die Wunde zu verbinden, sie biss und kratzte und trat nach mir. Und sie verfluchte mich.

Ich zerrte sie zum Pferd, wollte sie auf den Sattel heben, doch sie wehrte sich, sie war stark. Da knotete ich den Zügelriemen um ihre Brust, saß auf und zog sie neben mir her. Das Pferd war zahm. So gingen wir bis Sonnenuntergang und bis Mitternacht. Nach einer Weile beruhigte sie sich und begann nun besinnungslos zu weinen. Als ihr die Beine nicht mehr gehorchten, nahm ich sie hoch und hielt sie vor mir im Sattel fest. Sie zappelte und schluchzte tonlos. Einmal verlor ich sie aus dem Sattel, weil sie mich in den Oberarm gebissen hatte. Da band ich ihr mit dem Gürtelende den Mund zu. Gegen Mitternacht erreichte ich die Jurten diesseits des Flusses und weckte die Leute. Sie wuschen und verbanden mir die Wunde, gaben der Armen zu trinken und zu essen. Am frühen Morgen ritt ich nach Chara-Choow zurück. Gumaj blieb wo, sie war, man wollte sie auf einem Floß über den Fluss setzen und ins Krankenhaus bringen.

Die Kamele hatten in der Hürde übernachtet. Der Tag war blass und windig, der Boden war hart. Mit einem spitzen Stein versuchte ich, das Grab zu vertiefen. Ich schlug mir die Hände wund. Bajnak war schwer. Es war mir unbegreiflich, wie ihn das arme Mädchen auf den Felsen geschleppt hatte. Er war wie ein Stück Stein, roch nach Erde und gefrorenem Kadaver. Ich bedeckte den Leichnam mit Erde und ging.

Das Frühjahr und den Frühsommer verbrachte ich in Borgasun bei der Herde. Erst zwei Tage vor dem Staatsfeiertag kam ich zurück. Mir waren Tee und Salz ausgegangen. Von meiner Wunde war eine üble Narbe geblieben. Ich muss schrecklich ausgesehen haben, denn die Leute mieden mich, und so ging auch ich ihnen aus dem Weg. Am Staatsfeiertag war ich schließlich wieder in meinem Zelt, das mir Zuhause war, und bei meiner Herde, die mir die Zeit nicht lang werden ließ.

Das ist so lange her, dass du, der du damals noch im Mutterleib gingst, nun so alt bist wie mein Bajnak, als er starb. Es wird dich interessieren, was aus Gumaj geworden ist und woher ich die zweite Narbe habe.

Gumaj wurde bis zum frühen Winter siebenundvierzig im Krankenhaus festgehalten, danach verschwand sie spurlos. Die alte Dowaj war schon vorher gestorben und von ihren Nachbarn ordentlich begraben worden.

Die linke Narbe auf der Stirn bekam ich erst Jahre später. Auf einem Hochzeitsfest packte mich ein junger Mann namens Schimej am Hals und schlug mir eine Flasche ins Gesicht. ›Damit du zwei Narben hast als Erinnerung an Bajnak und Gumaj!‹, sagte er.

›Vielleicht bringt Tuwa einen Sohn hervor, der dir eines Tages eine dritte Narbe ins Gesicht setzt als Erinnerung an ihr ungeborenes Kind!‹ Man riet mir, Anklage gegen ihn zu erheben, aber ich unterließ es.

Nun, ich wollte dir Bajnaks Geschichte erzählen, und daraus ist die Geschichte meines Lebens geworden. Darum will ich dir noch sagen, dass die Herde, als ich sie übernahm, nicht ganz dreißig Kamele zählte und nun auf mehr als sechshundert angewachsen ist. Ich freue mich, wenn ich sehe, wie die rötlichgelben Tiere Tal und Steppe bedecken. Und ich will für die Genossenschaft noch mehr Kamele heranzüchten. Doch das ist nicht alles, warum ich leben will. Ich möchte auch sehen, was weiter wird. Solange es geht. Und nur unter diesem Stück Himmel.«

Der alte Dshaniwek hatte sich ausgesprochen. Er stand auf und ging Dung sammeln. Es schneite noch immer. Die Pferde schliefen. Wir machten Feuer und schichteten den Dungrest zu einem spitzen Haufen für die nächsten Vorbeireisenden. Dann weckten wir die Pferde und saßen auf.

Nach einer Weile blieb Dshaniwek stehen und sagte: »Hier!« Es war eine Stricklänge südwestlich von dem Jurtenplatz. Dass dort ein Grab liegen sollte, war nicht mehr zu erkennen. Die Erde war zusammengewachsen.

Wir ritten zurück. Ich musste mich immer wieder umdrehen und zurückblicken. Mir war, als ließe ich jemanden zurück, der mir wie ein Bruder war, vielleicht noch mehr. Das Land lag wie tot, kein Murmeltier zeigte sich, kein Vogel flog. Allein das Feuer brannte und warf warmen, blauen Rauch gegen den Schneehimmel. Das gab dem Lager ein wenig Leben. Erst bei Sonnenuntergang hörte es auf zu schneien. Den Gipfel erreichten wir spät nachts. Es war kalt. Am Morgen trafen wir auf einen *Owoo*. Das war der Bajnak-Owoo, ein Tagesziel für die Jäger. Bajnak hatte ihn in seiner Todesangst als Opfer für den Ortsgeist errichtet. Und in den Jahren hatten Jäger und Hirten, die auf der Suche nach vermissten Tieren waren, viele Steine dazugelegt. Kein loser Stein war mehr in der Nähe. Wir mussten ein ganzes Stück den Berghang hinunterlaufen, um einige zu finden. Ich trug zwei Steine zum Owoo, einen für Bajnak.

Zwei Tage später kehrten wir mit reicher Jagdbeute heim. Wir waren einem Rudel Wölfe auf die Spur geraten.

Bald darauf verließ ich den Altai. Es war ungewiss, wann und ob ich je wiederkommen würde.

Bisen

Bedrückende Stille. Der offene Steinstall atmete aus seinen hundert Mäulern nicht einen leisen Hauch, so als hätte das Leben sich hinter ihnen in diesen Morgenstunden ängstlich zurückgezogen. Mit fragendem Blick streifte Bisen, der kleine Hirtenjunge, den schwammigen Morgenhimmel. Er war traurig, denn seine Mutter war in der letzten Zeit häufig krank gewesen. Aber ihr *Uwaa* würde endlich zurückkommen, hatte der Vater zu Bisen gesagt, und er freute sich.

Damals war Bisen so glücklich gewesen, als sein Bruder, ein kleiner quecksilbriger Junge, zur Welt kam. Doch als er gerade laufen und mit Bisen spielen konnte, hatte man ihn *ins Salz* geschickt. Der Salzsee lag weit entfernt von hier, und die Reise würde ein bis zwei Winter dauern. Anfangs war Bisen empört: Warum musste man ausgerechnet seinen Bruder nach Salz schicken? Die anderen hatten zwar alle viel zu tun, aber es gab auch Menschen, die nichts zu tun hatten. Er kannte sie, denn einmal war er im *Sumun*zentrum gewesen, wohin er sich nie wieder wagen würde, denn dort gab es stinkende Ungeheuer, die brummend herumtobten. Bisen verdankte damals die Rettung seinem Pferd Windbraun, wie *Paavyldaj* die seine dem Leopardenscheckigen. Auf seinem Rücken hatte Windbraun ihn den Ungeheuern entrissen.

Warum musste gerade der kleine Uwaa Salz für Leute holen, die in dunklen feuchten Lehmhäusern saßen und gähnend darauf warteten, dass es Abend wurde, damit sie sich wieder schlafen legen konnten?

Dass Uwaa fortgegangen war, hatte Bisen erst am nächsten Morgen erfahren, als dieser wahrscheinlich schon eine weite Strecke zurückgelegt hatte. Nicht einmal der Vater mit seinem Falkengrauen hätte ihn einholen können, selbst wenn er ihm gleich nachgeritten wäre, nachdem Bisen ihm und der Mutter klar gemacht hatte, wie ungerecht es war, ausgerechnet seinen Uwaa fortzuschicken.

Zwei Jahre waren inzwischen vergangen, doch die Eltern meinten, es wäre besser, später anzukommen als zu früh. Aber das zählte nicht für Bisen. Er wurde ungeduldig und dachte manchmal, dass die Menschen nicht ganz gescheit wären, denn wozu brauchte man unbedingt Salz? Früher waren sie einen ganzen Winter ohne Salz ausgekommen, nichts war einfacher als das, man gewöhnte sich daran.

Zuweilen kamen ihm Zweifel, ob sich ihr Uwaa nicht auch verlaufen haben könnte, denn er war fast zu klein, um allein zu reisen. Außerdem könnte er sich so beeilt haben, dass er die gefahrvolle Reise auch nachts nicht unterbrach. Dann streichelte ihm der Vater den Kopf und sagte: »Aber Bisen, Mutter und ich wissen, dass unser Uwaa auf dem richtigen Wege zu uns ist. Du siehst es doch an der Mutter.«

Bisen beruhigte sich, dachte dann aber: Wieso muss Mutter krank sein, wenn unser Uwaa endlich vom Salz heimkommt? Misstrauisch wandte er sich wieder an den Vater. Der küsste ihm die Augen und sagte: »Ach Bisen, du bist noch viel zu klein, um das zu verstehen.« Bisen war deshalb nicht beleidigt, er war nur traurig, denn er wusste, dass er vieles nicht verstand. Da nahm ihn der Vater bei den Schultern und sagte scherzend: »Übrigens, Neugierde ist eine Eigenschaft der Weiber. Du bist, oder besser, du wirst ein Mann, und dann wirst du alles verstehen.«

Bisen wollte kein Weib sein. Auch ein Mann war er noch nicht, das wusste er, aber eines Tages würde er einer sein, das wusste er auch. Damit gab er sich vorerst zufrieden. Hauptsache, dass Uwaa auf dem richtigen Weg nach Hause war. Er würde ihn mitnehmen, wenn er morgens der Herde nachging, und sein Bruder würde ihm die erlegten Zieselmäuse tragen.

Bisen hütete eine kleine Herde von meist spät geborenen Schafen und Zicklein vom vergangenen Jahr und von mageren, kränklichen und alten Tieren, die nicht mit der großen Herde auf die entfernte Weide gehen konnten. Den ganzen Tag unterhielt er sich mit Mänkir, dem zottigen Hirtenhund, über Uwaa. Er war dann so in das Gespräch versunken, dass er oft erst bemerkte, dass der Tag vergangen war, wenn die unruhige Herde plötzlich mit lautem Geblök und Gemecker heimwärts zog, nachdem sie vergeblich auf einen Wink von ihm gewartet hatte.

Jeden Abend vor dem Einschlafen dachte er darüber nach, welches von seinen Schäfchen und Zicklein, welche Spielsteine und Knöchelchen er Uwaa schenken sollte. Nachts träumte er von ihm. Ja, er hatte ihn sehr lieb, und jeden Morgen, wenn ihn die kalten Hände des Vaters dem Traum entrissen, suchte er mit schläfrigen Augen in der *Jurte* herum, ob sein Uwaa nun endlich vom Salz zurück sei.

Jetzt war er traurig, denn die Mutter war kränker als sonst. In der Nacht hatte er sie laut weinen hören und sie dann im Kerzenlicht, vom Vater gehalten, mit großen Schweißtropfen auf der Stirn am ganzen Körper zittern sehen. Niemand weckte an diesem Morgen Bisen. Er wurde von selbst wach.

Der Vater hatte bereits Tee gekocht. Die Mutter lag noch im Bett. Hastig schlürften Vater und Bisen den heißen Milchtee. »Iss dich satt, mein Junge.« Mutters Stimme war schwach. Bisen nahm aus der Holzschüssel ein Stück fettes Hammelfleisch, tauchte es in den dampfheißen Tee, biss, ohne zu warten, dass es warm wurde, ordentliche Stücke ab und kaute mit vollem Mund. Dann sagte der Vater fast beiläufig: »Ich muss den Arzt holen. Mutter ist krank. Du wirst die Herde auf deiner Weide halten, bis ich wiederkomme. Wenn es anfängt zu schneien, treibst du sie sofort nach Hause in die *Hürde*. Bis dahin wird sich das Vieh auch satt gefressen haben.« Bisen hörte ihm ruhig wie ein Erwachsener zu und kaute, bis sich auf seiner Nase kleine Tröpfchen sammelten.

Das Hürdengatter krachte zurück. Die winterschwachen Tieren standen müde auf und schüttelten sich, als wollten sie die Scheu, das mit Mühe erwärmte Stück Erde zu verlassen, von sich abstreifen. Bisen stand klein und aufrecht in der Flut von Geblök und Gemecker. Er ließ die Tiere vorbei, während er vielen ihre Namen zurief und ihnen dabei liebevoll übers Maul strich. Jedes Tier hatte einen Namen und ein Gesicht, und Bisen unterhielt sich mit ihnen wie mit Menschen.

Die helle Kinderstimme durchteilte die wolkenträge Luft: »Mänkir, Mänkir! Lenk die Herde nach unten! Heute geht's nicht das Tal hinauf!« Mänkir rannte bellend den Tieren in den Weg und trieb sie in die andere Richtung. Ein weißer Ziegenbock gehorchte dem Hund nicht und ging einfach weiter. »Hey, Großvater, bist wohl nicht gescheit mit deinem langen Bart!« Der Ziegenbock hob müde den Kopf und lauschte. »Kehr sofort zurück, du Zottelbart!« Langsam trottete er den anderen hinterher.

Bisen musste diesmal die Herde zu Fuß hüten, was er sonst nie tat, wenn ihm die ganze Herde anvertraut war, denn der Vater nahm seinen Windbraun gesattelt mit, weil jeder, der den Arzt holen wollte, ein Pferd mitbringen musste.

Mänkir war Bisens treuer Helfer und Ratgeber, denn er war bald doppelt so alt wie er. Der Vater sagte, der Hund wäre betagt, und deshalb sei es an der Zeit, ihm Ruhe zu gönnen. Damit meinte man, den alt gewordenen Hund nach einem reichlichen Mahl zu erdrosseln, ihm den Schwanz mit einem großen Stück Hammelfett ins Maul zu stopfen und ihn ehrenvoll zu begraben.

Bisen aber wollte sich von seinem Freund nicht trennen. Mänkir war der treueste und schönste Hund der Welt, und Wölfe zeigten sich ihm nur deshalb nicht, weil sie feige waren, denn er würde auch mit dem größten Wolf fertig werden.

Bisen kannte seinen eigenen Geburtstag nicht, es war auch nicht weiter wichtig, denn eines wusste er ganz sicher, dass er sieben Jahre alt wurde, wenn die Täler wieder grün lagen. Und nach einem Jahr würde er acht und nach wieder einem Jahr neun ... »Ach Mänkir, guter alter Mänkir, wenn ich doch nur schon so groß wäre wie du!«

Keinen Strauch, nicht einmal eine Quelle gab es hier. Die Berge waren kahl und sauber. Sie hießen die Schwarzen Berge, weil Felsen und Hügel, Sand und Steine schwarz erschienen. Früher gehörten sie Bisens Urgroßvater, der sehr reich gewesen war und keinem Fremden erlaubte, sie zu bewohnen. Jetzt gehörten sie zwar Bisens Vater nicht mehr, dennoch wagte sich kein Fremder hierher, denn in dieser unwirtlichen Gegend waren die Winter lang und hart. Es fiel dort wenig Schnee, in jenem Jahr nicht einmal so viel, dass es für Trinkwasser reichte. Der Vater brachte den Schnee jeden Tag vom Kamm in einem Sack fest gestopft, wenn er abends mit der Herde heimkehrte.

Jeder Hügel, jeder Sattel hatte seinen eigenen Namen. Viele davon waren Bisens Erfindung. Am »Rastort der hundert Ritter« fand er einen feuerroten Stein. Der alte Mänkir sah den Stein an und rannte los. Kurz darauf blieb er stehen und bellte. Er hatte auch einen feuerroten Stein gefunden und legte die Pfote darauf. »Ach Mänkir, kluger Mänkir, käme doch nur unser Uwaa bald zurück. Wir haben schon so viel für ihn gesammelt.« Bisen machte seinen Schäferrucksack auf und steckte die Steine hinein.

Die Herde wurde langsam unruhig, der Schnee würde bald kommen. Bisen und Mänkir begaben sich zu den Flügeln der Herde. Wenig später begann es zu schneien. »Es ist viel zu früh, die Tiere in die Hürde zu treiben. Vorher sollen sie sich satt fressen. Es ist ja auch nicht windig«, überlegte Bisen.

Mänkir kam und rannte bellend wieder zurück. Ein zweijähriges Schaf mit dem Kosenamen Schumaschdaj-ak hatte geworfen. Das nasse Tierkind lag da, zappelnd, und versuchte schon, auf die Beine zu kommen, aber die zarten Stäbchenbeine trugen es noch nicht. Bisen wischte ihm das Maul ab, löste vorsichtig die raureifüberzogenen Steine vom nassen Körper und schob es behutsam in den Hirtensack.

»Ich nenne dich Schneemäulchen, weil du mit dem ersten Schnee gekommen und außerdem so weiß bist ...«

Schon war die Erde von den lautlos schwebenden Schneeflocken bedeckt. Der Himmel schien besinnend innezuhalten und vor sich hin zu dösen. »Es ist so wunderschön, windstill und fast warm. Die Herde soll ruhig noch ein bisschen weiden ...«, entschied Bisen.

Auf einmal erhob sich der Nordwind, als hätte ein Ungeheuer den schlummernden Himmel angegriffen, und im Nu kam ein Schneesturm auf. Der

Wind heulte, der Schnee peitschte, die Kälte biss, die Tiere blökten und meckerten. Himmel und Erde verwandelten sich in ein einziges weißes Brausen.

Die Herde begann, vom Schneesturm getrieben, nach Süden vorzurücken. Bisen rannte den Tieren in den Weg und schrie: »Mänkir, nicht vorbeilassen! Nach Hause!« Doch der Sturm zerpeitschte ihm jede Silbe im Mund. Der alte Mänkir rannte bereits bellend vor den Tieren hin und her und versuchte vergebens, sie aufzuhalten.

Von den Schwarzen Bergen bis zum Sumunzentrum war es ein Halbtagesritt. Als oben der Schneesturm losbrach, war der Vater noch nicht am Ziel. Er konnte nicht zurück, so sehr ihn der plötzlich aufkommende Schneesturm auch beunruhigte. Heute trug ihn sein Falkengrauer nicht schnell genug, und als er endlich im Sumunzentrum ankam, war der Arzt soeben in entgegengesetzter Richtung zu einem Kranken aufgebrochen. Er ließ sein Handpferd zurück und ritt sofort nach Hause.

Der Schneesturm wurde unterdessen immer heftiger. Bisen steckte bis zum Knie im Schnee und watete, so schnell er konnte, vor der Herde, die beharrlich nach Süden rückte, hin und her. »Uaaak, huhu, uaaak, huhuuu!« Unweit von ihm kämpfte der alte Mänkir ebenfalls vergeblich.

Als der Schneesturm einsetzte, fieberte die Mutter. Anfangs glaubte sie, dass ihr alles schlimmer vorkäme, aber dann wurde ihr die Gefahr bewusst, und sie wollte aufstehen. Doch ihre Beine trugen sie nicht. Sie versuchte es wieder und wieder. Bald ließ sie erschöpft den Oberkörper zurückfallen und mühte sich, der Naturgewalt draußen ein menschliches Lebenszeichen abzulauschen.

Bisen spürte, wie seine Beine schwächer wurden. Aber er kämpfte, kämpfte weiter mit der unaufhaltsam vorrückenden Herde. Der Wind entriss ihm seine Mütze, mit der er die Tiere zurückzuscheuchen suchte. Die Herde hatte eine kleine Mulde erreicht. Erschrocken wurde ihm bewusst, dass nun bald das schutzlose nackte Talende kommen würde.

Er setzte den Hirtensack an einem großen Stein ab und zog seinen *Deel* aus, um damit die Tiere zu scheuchen. »Uaak!« Doch sobald er den Deel hochhob, riss ihn der Sturm aus seinen Kinderhänden. Jetzt fing er an, laut zu heulen. Der kalte nasse Wind fuhr ihm unter das bloße Hemd. Der Schneestaub drang in die erschrockenen Augen, in den Mund, taute an dem erhitzten kleinen Körper, und die Tropfen formten sich zu Eisnadeln, kaum dass sie den unteren Hemdsaum erreichten.

»Uaak, huuhu ... u ... a ...« Der erschöpfte Kinderfuß trat in ein Loch, der kleine Körper stolperte, Bisen schrie. Die Wucht der von der ungeheuren Gewalt getriebenen vielen hundert Tiere stürzte ihn um, trampelte ihn nieder, ebnete ihn ein in den kalten weißen Schnee. Der Schneesturm jagte und tobte.

Mänkir entdeckte schnell, dass Bisen nicht mehr da war. Er rannte zurück und spürte ihn auf. Er scharrte den verwehten Schnee auf und fand seinen kleinen Freund bewusstlos. Der Hund rannte heulend zur Jurte. Doch in der Jurte gab niemand ein

Lebenszeichen. Dann eilte er durch den Schnee zurück zu Bisen, scharrte sich an ihn heran und legte sich über den bereits erstarrten Körper.

Der Vater kam erst nach Sonnenuntergang und fand die Mutter, allein und phantasierend. Nachdem er sich umsonst bemüht hatte, von ihr eine Antwort zu bekommen, deckte er sie zu und ritt wieder in das weiße Getöse hinaus. Kurz darauf kam die Mutter zu sich, und die Wehen setzten ein.

Um Mitternacht hörte es auf zu schneien. Der Wind legte sich, der Himmel stand wieder sternenklar, und die Nacht grinste milchhell.

Als der Morgen heraufzog, hatte der Vater den Rest der Herde gefunden. Verwehungen über den toten Tieren wiesen ihm die Spur, bis er unter einem Schneehügel den Hund und sein Kind fand.

Das Pferd stapfte durch ein Schneemeer, sein Reiter saß im Sattel wie erstarrt. Plötzlich blieb das Pferd stehen und seufzte schwer. Der Mann versuchte den gesenkten Kopf zu heben und glaubte, durch den Wasserschleier seiner Augen etwas wahrzunehmen. Müde ließ er die Augen zufallen. Als er sie wieder aufschlug, erkannte er deutlich einen winzigen Hauch, der aus dem Schnee aufstieg. Mit dem Fuß gab er dem Pferd das Zeichen weiterzugehen, als wollte er es fragen: »Wozu jetzt?« Doch als er sich einige Schritte entfernt hatte, lenkte er sein Pferd zurück, kam auf das Häuflein zu und sprang herunter. Die zitternden Hände des Mannes stießen auf den Hirtensack. Das unschuldige zarte Leben meldete sich.

Die kleinen müden Augen des Mannes starrten auf die von Norden her völlig zugewehte Jurte. Er saß steif im Sattel, als hätte er vergessen abzusteigen, als wäre er schon gestorben. Nur die fein geschnittenen Lippen zitterten unmerklich und ließen erkennen, dass noch Leben in ihm war.

Ein Kinderschrei ging in der Jurte auf, und es fuhr dem Mann wie ein Blitz durch die Glieder. Den Hirtensack ließ er von der Schulter heruntergleiten. Er erreichte den Schnee nicht, denn mit dem Trägergurt blieb er am Steigbügel hängen. Das junge Leben glitt heraus in den kalten Schnee. Einen Augenblick lang blieb es liegen, dann rappelte es sich auf, und ein helles Mähen schlug an die Morgenkälte. Es war, als ob das Tierkind dem Menschenkinde, mit dem es schon jetzt etwas Unauslöschliches verband, den ersten Gruß erwidere.

Die Sonne stand hoch am Himmel, als wollte sie nie wieder untergehen. Alles strahlte und flimmerte, selbst die Schatten. Nur einige vom Wind bloßgelegte Felsspitzen ragten aus dem Weiß heraus, schwarz und kalt wie Riesenrachen, die noch immer ungesättigt alles Lebende zu sich herbeigähnten.

Dort unten im Tal stand die Hirtenjurte, die sich vor wenigen Augenblicken kaum von ihrer Umgebung abgehoben hatte. Nun blies sie aus ihrem winzigen Herd, an dem zwei schwache Stimmen miteinander wetteiferten, die gestern die Welt noch nicht kannte, einen Rauchfaden in den blauen, lügenblauen Himmel.

Verspätetes Jagdglück

Vor einiger Zeit erreichte mich ein Brief aus der Heimat. Er hatte folgenden Wortlaut:

»Sohn! Ein Mann, der noch deinen Vater Schynykbaj als Baby auf dem Rücken getragen hat, lässt dich grüßen. Es ist schön in der Heimat. Der Frühling steht über der Schwelle des Altai, der Schnee an der Sonnenseite der Berge taut auf, die Täler und Mulden grünen, die Schafe und Ziegen sind dabei zu jungen, das Jungvieh gedeiht gut, die Menschen sind wohlauf, sie leben satt, es geht ihnen gut. Das Gleiche hoffen wir auch von euch Menschen in der Hauptstadt zu hören. Man erzählt hierzulande, du arbeitest bei einer Zeitung und schreibst darin so verschiedene Sachen. Einige davon habe ich mir auch vorlesen lassen. Es war gut zu erfahren, wie es in anderen Ländern und *Aimaks* ist. Schreib weiter, tu es nur, es ist eine gute Sache damit. Dabei aber musst du dich einmal der eigenen Heimat zuwenden, denn auch hier gibt es Sachen, welche für uns durchaus mitteilens- und für andere hörenswert wären. Eine solche ist, wie ich, ein wenngleich ungebildeter, aber vom Leben lang genug belehrter Mensch glaube, die folgende:

Vergangenen Winter starb Belek, Sohn des Ürükej, an den du dich sicherlich noch erinnern wirst. Er hat sein Leben gelebt, mehr ist dazu nicht zu sagen. Aber kurz vor seinem Tod hat er einen Wolf erlegt, der in die Scheune der Genossenschaftskälber eingebrochen war. Der 77-jährige Greis ist mit einer Rute und einem Beil in der Hand auf das Raubtier losgegangen und hat es in einem Zweikampf erschlagen. Es war ein Rüde mit einer fast wasserschwarzen Mähne, und seine Haut betrug, als sie abgezogen und ausgespannt war, einen *Klafter* und drei *Spannen* in der Länge und dreieinhalb Spannen in der Breite.

Es wünscht dir viel Erfolg bei deiner Arbeit für Partei und Staat. – Dagwa, Sohn des Schöödükej.

Fünf Generationen früher waren deine Mutter Balsyng und ich in einem Menschen. Also wisse, dass ich dir *Daaj* bin.«

Auf der Rückseite des Umschlages stand: »Wir werden auf die Zeitung warten, es ist sehr wichtig!!!« Diese Eintragung war von einer anderen Hand, um den Satz herum war ein dicker Rand gezogen.

Ich kramte in meinem Archiv, das ich im Kopf trug, blätterte es durch, rief Erinnerungen wach und hatte es schließlich zusammen:

Belek war mir als ein ruhiger und durch und durch gütiger Mensch bekannt. Seine *Jurte* war klein und auch seine Herde nicht groß. Er hatte einen Schimmel, der weiß war wie ein Schneehase. Wenn dieser so weiß war, musste er uralt gewesen sein. Ich kannte ihn nur mit diesem einen Pferd.

Der Mann hatte einen steifen Zeigefinger. Das ging auf eine Wolfsgeschichte zurück. Ich glaube, er ist vom Wolf gebissen worden.

Ein Belek-Sohn hieß Anaj, war in einer Schulklasse mit meinem älteren Bruder Galkaan zusammen, und in dem Frühjahr, als sie die Grundschule beendeten, starb er. Es hieß, er sei vom Blitzdonner zu Tode erschreckt worden.

Belek hatte noch drei Töchter und einen Sohn. Ich kannte sie alle beim Namen. Die älteste Tochter, Dyrdygasch, war mit dem Ringer Arwygyr verheiratet, sie starb, wohl noch nicht zwanzig, bei einer Geburt. Von der mittleren, Sardychan, war ein Kind zurückgeblieben, das inzwischen erwachsen sein muss. Ich weiß nicht mehr, wann und woran diese gestorben ist, ich weiß nur, dass sie schon lange tot ist. Die Jüngste, Urtunasyn, war über zehn Jahre verheiratet, sie blieb kinderlos und starb vor drei Jahren. Sie wird die Dreißig überschritten haben. Und der Sohn, Sapkin mit Namen, lebte als Oberhaupt einer großen guten Familie. Er war ein oder zwei Jahre älter als ich, wir haben in der Kindheit öfter zusammen gespielt, haben in Eimern und Krügen aus unserem Muttersee Chara-Chöl Wasser geholt, um damit Zieselmäuse zu ersäufen. Einmal haben wir lauter junge Dinger gefangen und sind dabei von den Erwachsenen erwischt worden. Für jedes tote Zieselkind haben wir mit einer Ohrfeige und einigen Tropfen Tränen bezahlen müssen. Das letzte Mal kam ich mit Sapkin vor vier Jahren zusammen, es war bei einem Kastrierfest, und wir sangen die ganze Nacht.

Der alte Dagwa musste sich im Alter Beleks geirrt haben, denn dieser war ein Jahr älter als meine Mutter. Demnach musste er 1906, im Jahre des Roten Pferdes, geboren und zum Zeitpunkt seines Todes nicht sieben- oder vielleicht auch achtundsiebzig, wie es im Brief stand, sondern erst sechsundsiebzig Jahre alt gewesen sein.

Das war alles, was mir mein Archiv lieferte. Jedoch vielmehr brauchte es auch nicht für einen kleinen Zeitungsartikel, der beinhaltete: Ein 76-jähriger Greis hat einen Wolf im Zweikampf erlegt.

Ich war entschlossen, sobald mir wieder einmal eine Atempause vergönnt würde, mich hinzusetzen und den Artikel zu schreiben und so dem Heimgegangenen und damit auch meiner eigenen Heimat ein bescheidenes Denkmal zu setzen. Aber die Atempause ließ so lange auf sich warten, bis eine Reise kam, die mich in die Heimat führte. Dort begegnete ich auch einigen Berichten, die Belek betrafen. Das machte mich neugierig, machte den in mir wach, der den Dingen auf den Grund, auch den Hintergrund schauen will. So begann eine Forschung.

Belek war der zweitälteste Sohn des Ürükej aus dem Stamm Chara-Chöjük, die zwar in der Zahl, aber nicht im Geist stark sind. Er war bekannt als Bitsche-Belek, Belek der Jüngere, denn es gab unter den Tuwinern unserer Zeit auch einen anderen Belek, Ulug-Belek, Belek den Älteren. Dieser war der Sohn des Nogaj, stammte aus dem Stamm Chaa-Chöjük. Er war ein durchtriebener Kerl, ein vorzüglicher Jäger, erreichte auch ein gutes Alter und starb zu einem guten Zeitpunkt. Bei seinem Tod, wird berichtet, stand der *Dashyyr* mit *Aragy* neben seinem Lager, und im Kessel kochte frisches Hammelfleisch. Von seinen acht Kindern leben heute noch sechs. Und das bedeutet, dass in so manchen Jurten die Opferhappen und Spritzer dem Altai und ihm in einem Atemzug gewidmet werden.

Beide Beleks schienen unter verschiedenen Sternen, aus zwei verschiedenen Absichten geboren zu sein, denn sie waren zu unterschiedliche Menschen; selbst ihr Aussehen war wie aus zwei entgegengesetzten Ecken des Lebens genommen, soweit sich das Aussehen von Leuten einer Rasse unterscheidet.

Vielleicht geschah es aus Absicht, dass die Eltern des um gut zwanzig Jahre später Geborenen ihrem Sprössling den Namen eines unter den bescheidenen tuwinischen Verhältnissen um die Jahrhundertwende geradezu ruhmreichen jungen Mannes gaben. Wenn das der Fall gewesen ist, dann muss den armen Eltern so manches Mal bewusst geworden sein, dass aus der Absicht nichts geworden ist. Vielleicht aber lag keine Absicht vor, es war nur ein Spiel des Zufalls.

Wie dem auch sei, gleiche Namen, gleiche Ohren, wie das Sprichwort besagt, und bei allen Unterschieden wurden die beiden Beleks ständig und dies wider ihr Wollen in Verbindung gebracht. Ohne den anderen mitzuerwähnen, wurde über den einen nicht geredet, und dieser Gewohnheit sei auch hier, vielleicht ein letztes Mal, die Treue gehalten.

Der Spätgeborene, der Sohn des Ürükej, war ein Mensch von mittlerem Wuchs, war mager und hatte einen kleinen runden Kopf, dem ein winzig kleines, kugelrundes Augen- und ein noch winzigeres, fast unscheinbares Ohrenpaar das Gepräge gaben. Die Arme waren dafür lang, die Hände schwer, und dies wie zum Ausgleich zu den zu klein geratenen Kopfteilen.

Belek hütete sein Leben lang Schafe. Das begann schon früh und kam daher, dass seine Eltern arme Leute waren. Sein Vater machte nebenher den Zimmermann, soweit diese Berufsbezeichnung für einen zutrifft, der mit dem Obdach und allem, was darin und darum war, ständig von einem Ort zum anderen zog und dabei aus Holz Melkeimer, Destillierfässer, Fleischtröge, Spaten und dergleichen fertigte. Ja, Ürükej war viele Jahre lang ein anerkannter Zimmermann unter den Tuwinern, denn ein paar Mal, in der Herbstzeit, wenn sich seine Jurte für einige Monate sesshaft gemacht hatte, stellte er ein *Galdshyrma* auf und stellte dann ein ganzes Jurtengerüst her. Doch Belek erlernte dieses Handwerk nicht, denn er hatte keine Zeit dafür; er war bei fremden Leuten und hütete ihre Schafherde. Er war ein emsiger, ehrlicher Arbeiter und hörte frühzeitig lobende Worte. Er wurde ein guter Schäfer. Aber er wurde es, da er bei fremden Leuten war, auf Kosten anderer Dinge. So erlernte er weder dem Jagen noch einer anderen Beschäftigung nachzugehen, die für den tuwinischen Mann lebenswichtig sind.

Und hiermit sind wir am Ende der Vorgeschichte.

Es war ein Tag im Frühsommer 1928, im Jahr des Gelben Drachen. Der Himmel strahlte blau, es war ein blendendes, betörendes Blau, und es machte einen unsicher in der Erinnerung. Denn der Winter war lang und schwer gewesen, er hatte über das ganze Frühjahr hinaus, fast in den Sommer hinein gedauert. Darum war die gute Laune des Himmels schwer begreiflich, darum wohl auch kamen einem die flockigen Kringel, die hin und wieder dem Blau entwichen, wie ein Grinsen auf einem schönen Gesicht vor.

Die Muttererde dagegen, die nah und wintermüde ringsum dalag, wie dampfend, wie leise vor sich hin stöhnend, war einem vertraut und verständlich in ihrem Unternehmen: Sie setzte alles daran, um sich von der Magerkeit zu erholen.

Eine Schafherde weidete am oberen Hang des Schyrgaj-Dshürek. Die Tiere steckten noch im Winterhaar, waren mager, und die Art, wie sie von Mulde zu Mulde rannten und beim Herandringen eines jeden Lautes von außen lärmten, verriet, dass der Hunger, der sie ab Mitte des Winters geplagt hatte, noch nicht gestillt war. Ihr Hüter Belek ging vor ihnen. Den langen Gehstock aus Birkenholz schwang er hin und her und schickte der Herde zurechtweisende Rufe.

Viele tausend Tage hatte Belek bei der Herde verbracht. Er kannte ihre Laune, sie die seine. Seltsam: Die Herde erneuerte sich fortlaufend, aber sie blieb ständig dieselbe; er war noch ein Kind, als er zu ihr kam, nun war er ein erwachsener Mensch, der vielleicht schon anfing zu altern, aber auch er blieb für sie ständig derselbe, wie es ihm schien.

Oft kam sich Belek wie ein Vater vor, wenn er, den Gehstock in der Hand, den Tieren Befehle erteilte. Seine Strenge war gespielt, aber die Schafe und Ziegen, die in der Herde zusammenlebten, schienen die verärgerten und nicht selten auch höhnischen Zurufe für bare Münze zu halten, denn sie folgten seinem Willen meistens. Und das machte ihn stolz. Freilich hatte auch er einige ungehorsame »Kinder«, wie die meisten Väter, aber was machte das, wenn die Herde als Ganzes unter seinem Willen blieb?

Sollte das heißen, dass der Schäfer eines *Bajs* mit seinem Leben zufrieden war? Vielleicht ja, wenn es nach ihm gegangen wäre. Denn die Welt bestand ja nicht nur aus Bajs und besonders berühmten mutigen Menschen wie den Roten. Nicht jeder im Lande war schließlich satt wie er, der er sich aus dem Kessel des Bajs ernährte. Nicht jeder lebte so sorglos wie er, denn sein Leben bestand nur aus diesem einen: Schafe hüten. Und da war nichts, was ihm irgendwie schwergefallen wäre.

Aber wie es schien, ging es neuerdings nicht nach ihm. Dshaniwek und Leute seines Schlages redeten von der Revolution. Da dürfte man nicht mehr so leben wie bisher. Man nannte die, die so redeten, die Roten, und man nahm sich in Acht vor ihnen.

Im vergangenen Winter kam der Saryg Sedip, Sedip der Blonde, und warf dem Degeldej, dem Baj, ein kleines, als Viereck zusammengefaltetes Schriftstück hin: »Hier ein Befehl vom *Sumun*!«

Degeldej hob es auf, betrachtete es eine Weile und sagte dann: »Du weißt doch genau, dass ich, ebenso wie du, nicht lesen kann. Darum sag lieber, Sohn des Schyrysch, was darin steht, wenn du es weißt!«

Saryg Sedip schrie, am ganzen Körper zitternd: »Woher willst du wissen, Sohn des Apyshak, dass ich nicht lesen kann? Weißt du vielleicht noch nicht, dass wir die Revolution gemacht haben?!«

Dann riss er dem Hausherrn das Schriftstück aus der Hand, brach es auf und las. Belek hörte seinen eigenen Namen, aber mehr verstand er nicht, denn es war in mongolischer Sprache. Nachdem Saryg Sedip mit dem Lesen fertig war, fragte er in Tuwinisch: »Verstanden?«

Der Hausherr saß da und überlegte und sagte schließlich: »Ja. Ich habe es verstanden.« Und nach einer Weile fügte er hinzu: »Wenn die Volksmacht es mir befiehlt, so wird es meine Wenigkeit natürlich befolgen. Aber du, Sohn des Schyrysch, der du ein mächtiger Beamter geworden zu sein scheinst, weil deine Stimme laut ist und dein Atemzug hoch, so frage du den selbst, der da als Knecht bezeichnet wird, ob es ihm tatsächlich so schlecht geht, wie ihr glaubt!«

»Was erlaubst du dir, Sohn des Apyshak, dass du mich Beamter nennst! Ich bin Angestellter des Volksstaates, ein Krieger der Revolution, verstanden?!«

Degeldej schlürfte gemächlich seinen Tee aus einer versilberten Schale und sagte, mit einem kleinen Lächeln im rechten Mundwinkel: »Na, dann eben Angestellter des Volksstaates und Krieger der Revolution! Frag doch unseren Belek, wie er sich bei uns fühlt, frag, ob es ihm an irgendetwas mangelt!«

Saryg Sedip, dessen Arbeit darin bestand, Schriftstücke, das heißt Befehle auszutragen, der aber selbst über kein Entscheidungsrecht verfügte, wollte darauf etwas sagen, weiterschreien, aber ihm fiel nichts ein, oder er schien das, was er sagen wollte, noch eine Weile bei sich behalten zu wollen, und so wandte er sich an ihn, den Knecht, der sich darauf vorbereitete, der Herde nachzugehen: »Im Namen des Volksstaates und der Revolution befehle ich dir, Genosse Belek, die Wahrheit auszusprechen! Nun sag mir, ohne Scheu und Angst vor Degeldej oder sonst wem: Wirst du ausgebeutet?«

Belek griff, überlegend, ein fettes Stück Fleisch aus dem Trog heraus, schnitt davon ein paar dünne Scheiben in seine große Holzschale herunter, immer noch überlegend, und sagte dann, nachdem er mit dem Zeigefinger die Fleischscheiben, welche einen Haufen bildeten, in den Tee getaucht hatte: »Ausgebeutet werden, was ist das?«

»Wirst du dafür, dass du dem Degeldej die Schafe hütest, bezahlt?«, erläuterte ihm Saryg Sedip.

»Sie müssten es noch nicht vergessen haben, dass mein seliger Vater jeden Monat kam und ein Lamm oder ein Zicklein vom Vorjahr mitnahm«, entgegnete ihm Belek und führte seine Schale, die randvoll war, vor den Mund.

»Aber dein Vater ist lange tot!«

»Ja.«

»Und wer kommt seitdem, um das Lamm oder Zicklein vom Vorjahr abzuholen?«

»Keiner.«

»Und wo bleiben die Lämmer und Zicklein vom Vorjahr?«

»Dort, wo sie sind. In der Herde draußen.«

Saryg Sedip zog verschmitzt die Augen zu zwei Strichen zusammen und seine Backenmuskeln zuckten wie Unheil drohend. Der Hausherr mischte sich in das Gespräch ein: »Ja«, sagte er und rückte sich auf seinem Platz zurecht. »Nicht nur, dass wir ihm kein Zicklein wegnehmen werden, das er verdient hat. Mehr noch, wir werden für ihn eine Jurte zusammenstellen, ihm eine eigene Herde abtreten und ihn verheiraten. Das wird im kommenden Herbst geschehen. Und später, wenn wir Alten sterben, wird er unsere Jurte und unser Vieh erben, denn wir haben keine Kinder und auch keine Verwandten, die unser Eigentum erben könnten. Oder passt das eurem Volksstaat wieder nicht, dass ein Armer zu Besitz kommt? Ha, Sohn des Schyrysch, du schweigst?«

Saryg Sedip schwieg nicht lange, er nannte Degeldej einen *Kulaken* und das, was er eben erzählt hatte, einen Betrug. Der Wortwechsel wurde immer heftiger, doch wie dieser endete, erfuhr Belek nicht, er musste gehen. Aber bevor er ging, sagte er zu Saryg Sedip: »Sie können sich, so viel Sie wollen, mit Leuten zanken. Aber meinetwegen brauchen Sie das nicht zu tun, *Aga*. Denn wenn es einen gibt, der berechtigt und verpflichtet ist, sich um mein Schicksal zu kümmern, so ist dieser jetzt, wo mein Vater Ürükej tot ist, Naemnak, mein älterer Bruder!«

Später war er, Belek, im Sumun. Er musste hinkommen. Es war wieder Saryg Sedip, der kam, und er brachte wieder ein Schriftstück. Aber diesmal gab er es nicht Degeldej, sondern Belek. Dieser betrachtete es von allen Seiten wie damals Degeldej auch, hielt es eine Weile in der Hand und gab es dann Saryg Sedip zurück: »Lesen Sie es mir vor, Aga.« Jener las es ihm vor, laut und mit Betonung, die er mit der hoch- und niedergehenden Faust begleitete. Belek wartete geduldig auf die Übersetzung. Und dann verstand er auch, worum es ging. Er sollte in den Sumun kommen, dringend, wie es hieß.

»Ich kann es nicht«, sagte Belek nach kurzem Überlegen.

»Wieso nicht?«, fuhr Saryg Sedip hoch.

»Die Herde kann ich doch nicht verlassen inmitten des Winters, sie muss jeden Tag ordentlich gehütet werden.«

»Darum hat sich ein anderer zu kümmern! Lass die Viecher aus dem Spiel, Genosse Belek! Sie haben dem Befehl, der im Namen des Volksstaates und der roten Weltrevolution erlassen worden ist, zu folgen! Anderenfalls werden Sie für einen gehalten, der mit dem Klassenfeind paktiert! Verstanden, Genosse?!«

Diesen letzten Teil verstand Belek damals nicht. Aber da im Sumunzentrum solches und Ähnliches ihm immer wieder vorgetragen wurde, blieb es an seinem Gehör hängen.

Vorerst aber versuchte sich Belek dem Befehl so lange zu entziehen, bis ihm Degeldej sagte, dass er fahren sollte.

»Stell deinem Knecht ein Pferd zur Verfügung!«, drängte Saryg Sedip, an den Hausherrn gewandt.

Degeldej gab ihm nicht nur ein Pferd, sondern auch seinen *Ton*. Belek fiel es schwer, den neuen und mit großen runden Mustern bearbeiteten Ton anzuziehen, aber er wagte nicht, seinem Herrn, noch dazu in Gegenwart eines wie Saryg Sedip, zu widersprechen.

Unterwegs wusch ihm Saryg Sedip den Kopf, aber da diese Kopfwäsche in der Art geschah, die von vielen der Leute, die sich für die Revolution erklärten, unumgänglich gehalten wurde, erweckte sie in Belek Widerstand, und so verstanden zwei arme Menschen, die in ein und demselben Flusstal geboren und aufgewachsen waren, einander nicht.

Auch im Sumunzentrum vermochte man den Hausknecht eines Kulaken nicht davon zu überzeugen, dass er unterdrückt wurde und sich darum von Degeldej loszumachen hatte. Reinen Herzens erzählte Belek den *Dargas*, dass er weder Hunger litt noch fror, und auch davon, dass Degeldej ihm bis zum Herbst eine eigene Jurte zusammenstellen und dann eine eigene Herde abtreten würde. Er hätte ihnen beinah auch von der Heirat erzählt, aber da fehlte ihm ein bisschen der Mut, da die Braut, die ihm Degeldej und seine Frau nannten, ihm immer noch viel zu hoch gegriffen vorkam. Und die Leute der Revolution, die sich kurz als Genossen bezeichneten und die es auch nicht ungern hatten, wenn man einen jeden von ihnen mit Darga anredete, waren ungeduldig und nannten ihn einen, der eben mit dem Klassenfeind paktierte. So blieb zwischen Belek und seinesgleichen vorerst eine Wand.

Das alles war im Winter gewesen, als die Kälte wütete, der Himmel einen im Stich gelassen zu haben schien und als alles dem Sterben und Vergehen nah war.

Nun aber war Sommer, wohin man auch griff, fand man das Leben mit der Stirnseite zu sich gewandt, und sein warmer Hauch war imstande, in einem selbst die kühnsten Träume auf die Beine zu bringen.

Ein paar Reiter, die am unteren Rand der Herde plötzlich auftauchten, zogen seinen Blick und seine Aufmerksamkeit auf sich. Sie hatten zwar seine Gedanken unterbrochen, aber sie waren ihm willkommen, weil jede Begegnung draußen auf der Weide für jeden Schäfer ein Ereignis und jedes Wort, das ihm von der Außenwelt mitgeteilt wird, ein Reichtum ist. Der Schäfer ist ein Mensch, der dem lieben langen Tag ausgeliefert ist; die Herde ist stumm.

Die Männer waren zu viert, und Buga-Garak, der Stieräugige, ein alternder, aber immer noch gefürchteter Ringer, schien ihr Führer. Zwei der Männer trugen Flinten, der dritte war mit einer Büchse und der vierte, Buga-Garak, mit einer langstieligen Harke ausgerüstet. Belek stand auf seinen Gehstock gestützt und betrachtete sie neugierig, bis sie herankamen, und dann grüßte er sie: »Einen guten Tag wünsche ich euch, Agalar!« Das letzte Wort bedeutete »ältere Brüder«, denn alle vier waren älter als Belek.

Die Männer stiegen vom Pferd, nachdem sie den Gruß erwidert hatten. Die Pferde, schweißig und entkräftet, schüttelten sich nacheinander, dass alles, was am Sattel war, auseinanderflog und ein lang andauerndes Geklirr und Gerassel entstand, und dass die Männer mit der Fortsetzung des Grußes erst warten mussten. Denn der Gruß ging weiter, nun kamen die Tabakdosen und -pfeifen zum Vorschein, und dies beschleunigte den Begrüßungsfluss. Das »Guten Tag« war sozusagen nur die Eröffnung, jetzt wurde nach dem persönlichen Wohlergehen, nach dem Wohlergehen der Familienmitglieder, der *Ail*-Leute, der Leute jenseits der Herden, das heißt der ganzen Umgebung, nach der Lage der Weiden, nach dem Wetter und noch nach vielen anderen Dingen gefragt. Der Jüngere war immer der Fragesteller, aber der Ältere hatte nicht nur darauf zu antworten, er hatte dieselbe Frage dem Jüngeren zu stellen, die von diesem wiederum beantwortet werden musste.

Irgendwann war der Begrüßungsdialog dort gelandet, ob die Hunde und Vögel still seien. Mit diesen waren die Wölfe gemeint. Zwar sagten die Gefragten darauf, dass die Hunde und Vögel still seien, und stellten dem Frager die Frage zurück, so wie die Sitte es forderte, aber dann, während der Hausknecht des Bajs Degeldej darauf eine umständlich-ehrfürchtige Antwort zusammenstellte, konnte es einer der Ankömmlinge nicht mehr aushalten, er sagte: »Ihretwegen sind wir auf dem Weg!«

»Ja!«, brummte Buga-Garak, der, wie sein Name besagte, sehr viel Stierhaftes an sich hatte. Von ihm wurde erzählt, dass er als Kind einen anderen Namen gehabt habe. Aber Belek kannte ihn nur als Buga-Garak, kannte ihn als einen Ringer und empfand vor ihm eine heimliche Furcht wie viele andere wohl auch. Denn der Ringer war, obwohl tölpelhaft und schwachsinnig, unberechenbar im Benehmen, seinem Brummen, das ihn auch in der Sprache von anderen Menschen unterschied, und so konnte alles Mögliche folgen.

»Ja!«, brummte er, holte mit seiner Tatze zum Schlag aus, und da keiner der im Umkreis hockenden Männer ihm nah genug war, ließ er sie auf den Tonschoß fallen, unter dem sein Oberschenkel lag. Es verursachte einen lauten Knall, der eines der Pferde zum Davonspringen brachte. Damit war die Begrüßung, ohne zum Ende zu kommen, unterbrochen, und nun konnte das Gespräch ansetzen.

Die Männer berichteten, wo sie überall gewesen waren, wen sie dabei getroffen und was sie gesehen und gehört hatten. Während dieses Berichts wurde weiter geschnupft und geraucht, und dieser oder jener stand auf, trat einige Schritte zur Seite und verrichtete sein Geschäft.

Nachdem die Jäger ihre Erlebnisse, die bisher nur aus Suchen, aber keinem bisschen Jagen bestanden hatten, geschildert hatten, wandten sie sich an den Schäfer: Ob er etwas wisse von einem Wolf, der hier öfter gesehen worden sei. Belek wusste es: Mehrmals am Tag lief ein Wolf von einem Uraalgan-Gebüsch weg, aber er sah ihn nie zurückkehren. Er berichtete, was er wusste. Die Männer waren ganz Ohr. Buga-Garak brummte: »Hast du auch nicht gelogen?« Dabei blickte er aus seinen Glotzaugen, die sehr an einen Stier erinnerten, geringschätzig auf den Schäfer.

Belek spürte die Kränkung und sagte: »Das ist wahr, so wie ein jeder stirbt.«

Der Ringer, der jetzt den Jäger darstellte, verzog das Gesicht zu einer Grimasse, offensichtlich vom Gedanken an den Tod unangenehm berührt, und brummte wieder: »Dann zeig ihn uns!«

Belek zeigte mit dem ausgestreckten Arm auf das Gebüsch am gegenüberliegenden Hang: »Da. Auch heute Morgen ist er dort weggelaufen, vom Kamm kommend in Richtung Wald.« Das schien den Jägern jedoch nicht zu genügen. Buga-Garak brummte weiter: »Du kommst mit!«

Belek konnte mitkommen, denn es war nicht weit bis zu der Stelle, die Herde war inzwischen auch satter und ruhiger geworden. So ließ sich auch die Zeit leichter vertreiben; für die unterbrochenen Gedanken, die Träume hatte er immer noch viel, ja zu viel Zeit. Nur kränkte es ihn ein wenig, dass man ihm misstraute. Aber was hatte das schließlich zu sagen. Die Kränkung war für einen Hausknecht, der nicht einmal wusste, dass er einer war, nichts Neues. Belek kam mit.

Dann nahm die Sache viel zu rasch einen steilen Lauf. Sie fanden unter einem niedrigen Strauchwerk, das wie eine Insel mitten im hohen Gebüsch stand, im dichten Vorjahresgras einen Bau. Die Stelle wirkte unscheinbar inmitten winziger, spitzer Felsen, die von größeren Felsen wie von einer Mauer umschlossen waren. Ja, dass sie so leicht auf den Bau stießen, das konnte gut und gern ein Zufall gewesen sein, doch wenn es tatsächlich einer war, dann war jegliches Glück wie Pech an einen Zufall gebunden, wie Belek viele Jahre später erst als reifer, dann als alternder und schließlich als greiser Mensch glauben musste. Denn der Bau war eine Wolfshöhle. Das erkannte der Ringer, der schon welche gesehen hatte. Er brummte, nachdem er in den Bau die Nase gesteckt und dann, den Kopf im Nacken, in den Himmel geschielt hatte, einem Bullen zum Erschrecken ähnlich, der mit Kuhwasser arbeitet: »Ja, Belek, du hast nicht gelogen, und der Altai scheint es uns zu geben!«

Seine Mitjäger gerieten in Bewegung, ihre Gesichter erhellten und verfinsterten sich in einem fort, und Belek, der Nichtjäger, stand unter ihnen und wusste nicht, was tun und wie sein. Doch war bald auch er von der allgemeinen Aufregung angesteckt: Eine wilde Sache war es mit diesem Jagen!

Als es aber darum ging, in die Höhle hineinzukriechen und die Welpen einen nach dem anderen am Genick zu fassen, in einen *Tulup* zu stecken und herauszuholen, entstand unter den Jägern Uneinigkeit darüber, wer dieser Mutige sein sollte; es war ein stummer Streit, denn keiner meldete sich, auch zwang keiner einen anderen, hineinzukriechen und seinen Kopf hinzuhalten. Stattdessen tauchten Feststellungen auf, die von der Angst zeugten, die sich in einem jeden gemeldet und inzwischen die anfängliche Freude verdrängt hatte.

Was aber, wenn die Wölfin da wäre? Das war die Frage, die jedem auf der Zunge lag. Ja, was wäre dann?

Eine alte Volksweisheit lautet, dass die Wölfin in ihrer Höhle einem auch dann nichts antut, selbst wenn sie erschlagen wird, solange ihre Jungen verschont bleiben. Zwar hat jeder diese Erzählung gehört, aber keiner hat es selbst erlebt, keiner hat von einem mit einem bestimmten Namen gehört, der irgendwann so etwas erlebt hätte. Und das bedeutete kurz und klar: Keiner wollte in die Höhle.

Aber alle wollten, dass die Welpen den Tod fanden, nicht nur das, sie wollten die jungen Wölfe, denen sie durch Schläge und Schüsse den Tod beibringen würden, mit der Hand anfassen, sie blutend und noch zuckend an den Sattel festbinden und davonreiten. Sie wollten, dass die toten Wölfe an ihrem Jägersattel herabhingen, ihre blutigen Köpfe im Pferdeschritt baumelnd die Waden berührten, und sie wollten, dass sie so mit ihrer Jagdbeute an Ails vorbeiritten und von Leuten gesehen und bewundert würden. Sie wollten mit den toten Jungwölfen ihren Jägerruhm schmücken.

Keiner wollte ran, jedoch alle wollten, dass die Wölfe starben!

Obwohl niemand etwas gesagt hatte, spürte der Nichtjäger die Angst, die in jedem der Jäger aufgekommen war und sich nun breitmachte, denn die Angst sprang auch auf ihn über. So sprach er: »Die Wölfin ist nicht drin.«

Er hätte das nicht sagen sollen, denn der Ringer Buga-Garak, der ohnedies Groll empfand, wie jeder körperlich Starke, wenn ihn die Angst peinigt, brummte böse: »Woher willst du das wissen?«

Die Kränkung, die schon vorhandene, regte sich in Belek, doch er sagte friedlich: »Das weiß ich doch, Aga. Denn ich habe sie weglaufen, aber nicht zurückkommen sehen.«

Ein anderer, ein Schlauer, fiel ein: »Dann kriech du hinein, wenn du so genau weißt, der große Wolf ist nicht da!« Und die anderen fielen über ihn her: »Ja, tu es doch!«

Das war nicht gut, es war unmöglich, gegen den vereinten Willen von vier Männern, die Jäger und obendrein erfolglose Jäger waren, anzukommen. Belek musste sich diesem Willen fügen. Obwohl er ein schmächtiges Kerlchen war, schien er doch zu groß für die unterirdischen Gänge und es fiel ihm zum Sterben schwer, sich in der finsteren stickig-feuchten Grube vorwärtszubewegen. Doch er wusste, es gab für ihn kein Zurück mehr.

Die Draußengebliebenen waren nicht nur feige, sie waren auch ungeduldig, sie erteilten ihm ununterbrochen Ratschläge, dass er schneller vorwärtsgehen sollte; Ewigkeiten schienen für sie zu vergehen, bis von dem dummdreisten Schäfer zunächst der Ober-, dann der Unterkörper und schließlich die letzte Stiefelsohle in der Grube verschwand.

In diesen schwer-langen Augenblicken muss der Schäfer, der gleich einem Pfropfen in den gähnenden Rachen der Gefahr gesteckt worden war, den Jägern wie ein Held vorgekommen sein und wie ein Strahl Licht ihre Gemüter beleuchtet haben. Aber sie waren sich später in ihrer feigen Scham so einig, dass die Wahrheit bis auf den knappen nackten Fakt nicht nach außen zu dringen vermochte. Und der Fakt lautete: Irgendwann hatte Belek zu verstehen gegeben, dass man ihn an den Füßen ziehen sollte, und darauf war einer mit dem Arm in die Grube gefahren und hatte einen Stiefel am Schaft gefasst und gezogen, aber so sehr er sich auch anstrengte, umsonst. Die Männer hatten der Reihe nach versucht, Belek an den Stiefeln herauszuziehen, jedoch keiner hatte ihn auch nur eine Handspanne fortbewegen können. Also hatten sie nach einer Beratung beschlossen, eine Schlinge um die Stiefel zu legen und an dem Strick zu ziehen. Gesagt, getan: Ähnlich wie bei dem bekannten russischen Märchen hatten die Männer an dem festen Lassostrick mit einem mehrfach wiederholten Eins-zwei-drei gezogen, und so, wie dort die Riesenrübe entwurzelt wurde, war hier Belek herausgekommen, aber mit einer üblen Überraschung für die Jäger und auch für ihn. Denn der vermeintliche Welpe, den er beidhändig an der Gurgel hielt, war ein ausgewachsener Wolf!

Vorher aber waren alle Männer übereinander gestürzt, und das kam daher, dass sich der Wolf mit seinen letzten Kräften gegen den Grubenausgang gestemmt hatte, aber der Zug draußen an dem wohlgefassten Strick noch ein letztes Mal gezerrt und so den Widerstand gebrochen hatte; über das plötzliche Nachgeben war man Glied über Glied über die Zielrichtung geflogen. So hatte man aufstehend den Wolf entdeckt, der ebenso aufzustehen versuchte, den Belek aber bäuchlings liegend beidhändig festhielt und auf die Erde niederdrückte.

Und was taten die Jäger? Anstatt dem gegen ein Raubtier ringenden Artgenossen zu Hilfe zu eilen und den Wolf am Genick mitanzufassen oder wenigstens zu den Flinten zu laufen, die unweit lagen, fielen sie zurück und purzelten den Abhang hinab. Bestrebt, einander zu überholen, um der Gefahr zu entkommen.

Indes entriss sich der Wolf Beleks Händen und rannte davon. Belek saß keuchend, zerrissen und blutend da, als die Jäger dann den Hang hinaufgeklettert kamen, ebenso keuchend. Sie standen in einen Haufen gedrängt, sprachlos, und starrten mit irrem Blick Belek an. Die erste Frage, die einer von ihnen zustande brachte, lautete: »Hat er dich gebissen?«

»Ich weiß nicht«, war die leise Antwort. Der Wolf hatte den Schäfer nicht gebissen, die Legende sich bewahrheitet. Von dem derben Ziehen durch den schmalen, mit Steinen gespickten Gang waren ihm die Kleidung und die Haut an den Händen und am Gesicht zerrissen. Die Herde war nicht mehr zu sehen. Der Schäfer stand auf und ging, auf einem Bein hinkend, und ohne ein Wort zu sagen.

Die Jäger blieben und erbeuteten die Welpen, es waren ihrer sechs Stück. Doch das ging nicht so leicht vor sich, wie hier erzählt. Der Dünnste und Schwächste kroch in die Höhle hinein, aber das geschah nur unter der drohenden Faust Buga-Garaks. In der Zeit, in der jener unter der Erde schuftete und schwitzte, saßen die Draußengebliebenen mit geladenen Flinten in der Hand und hielten Ausschau in alle Richtungen. Als der Höhlenkriecher endlich wieder herauskam mit den wimmernden und winselnden Welpen im Tulup, war man fest überzeugt davon, dass die Wölfin aus dem Gestrüpp auf sie zugesprungen kommen würde. Sie erschlugen die Welpen in aller Eile und flüchteten wie um die Wette davon. Keine erfolgreichen Jäger, sondern zu Tode erschrockene Diebe waren sie. Sie wussten es, und das war schlimm.

Wohl bekannt ist, dass die Wölfe in der Wurfzeit die nahe Umgebung ihrer Höhlen strikt verschonen, aber dass sie, sobald ihnen, vor allem ihren Jungen, vonseiten der Menschen etwas zustößt, aggressiv, ja bis zur Tollheit blutrünstig werden. Daher gilt es, bevor man in eine Wolfshöhle eindringt und die Welpen erbeutet, zuerst immer die großen Wölfe zu erlegen, aber nie umgekehrt. Diese einfache Regel, dieses Abc der Jagdkunst, war nun verletzt worden von einem Rudel Stümper, die sich nach dem auch hierzulande gültigen Grundsatz »Gleich und Gleich gesellt sich gern« zusammengetan hatten und sich Jäger wähnten, weil sie Mordwaffen trugen und auch ein paar wehrlose Welpen ihren davongescheuchten Eltern hatten stehlen und morden können. Und darum war zu erwarten, dass sich die Natur in Gestalt eines Wolfspaares bei den Menschen für die provozierte Verletzung der Ordnung der Dinge rächen würde.

So kam es auch. Gleich in der ersten Nacht wurden die *Hürden* dreier Ails von Wölfen überfallen, und über vierzig Tiere wurden gerissen. Am schwersten war die Hürde des Degeldej-Ails betroffen. Neun tote und vierzehn verletzte Schafe waren das Ergebnis. Obwohl der Ail aus vier Jurten bestand, gehörten drei Viertel der Opfer allein Degeldej.

Es herrschte große Aufregung in den Hürden, die Menschen waren beinahe genauso erschrocken wie die Schafe und Ziegen, in deren Augen die Angst immer noch flammte wie Feuer. Sie, die Menschen, jammerten und zeterten, schimpften und fluchten, beteten und bettelten aber auch. Sie standen im Umkreis und versuchten zu ergründen, weshalb die Hunde des Himmels mit einem Mal so ungnädig geworden waren.

Da jagte aus dem benachbarten Ail ein Reiter herbei, er kam an der Spitze eines weißen Staubpfades, der Mensch schien über dem Sattel zu schweben, die Schöße seines *Lawschaks* standen im Wind, steif wie zwei Flügel, über dem Menschen fuchtelte seine Hand, und an dieser schillerte und schimmerte bald wie ein Kreis, bald wie ein Pfeil die Peitsche. Angekommen bei den Menschen, wollte der Reiter sein Pferd halten, aber es kam nicht eher zum Stehen, bis es einen Kreis um den äußeren, sich bräunlich abzeichnenden Hürdenrand gezogen hatte. Dies beunruhigte die ohnehin aufgeschreckten Tiere noch mehr und machte die Menschen auf einen weiteren Schreck gefasst. Der ließ auch nicht lange auf sich warten, denn der Reiter, es war Dambi, der jüngere Bruder des Dagwa, der mir den Brief hatte schreiben lassen, suchte mit einem irren Blick und der erhobenen Peitsche in der Hand nach einem bestimmten Menschen unter den Herumstehenden, und als sein Blick Belek traf, schoss seine Hand mit der Lederpeitsche hoch, und schon sprang das vor Lust zum Rennen schäumende Pferd vorwärts. Einem knallenden Peitschenschlag folgte ein vielstimmiger Aufschrei der Herumstehenden. Der toll gewordene Reiter war mit seinem ebenso toll gewordenen Ross schon zwei Lassostricklängen weit weg, als der Aufschrei verebbte. Aber da kamen sie, Ross und Reiter, in einem harten Bogen schon wieder auf das Opfer zugeschossen.

Das Opfer, Belek, hatte ebenso aufgeschrien, als er den Schlag auf der kahl rasierten Kopfhaut spürte; es war ihm vorgekommen, als hätte ihn mit einer Feuerklinge der Blitz des Himmels mitten auf den Schädel getroffen; nun stand er, die Arme um den Kopf, wimmerte leise und schwankte, und dabei hatte er seine Augen so fest geschlossen, dass das Gesicht mit der verzogenen Haut einer grinsenden Maske glich. Doch diesmal kamen die Menschen dem wilden Reiter zuvor, stellten sich rechtzeitig um das Opfer herum und fuchtelten mit den Händen oder warfen, was sie nur fanden, hoch, sodass das Ross zurückgescheucht in einem Bogen Seitensprünge um die Menge machte. Das schien den Reiter etwas zur Besinnung zu bringen. Da löste sich aus der Menschenmenge Degeldej, das selbstbewusste Oberhaupt des Ails, und schritt unnatürlich gerade auf Dambi zu, wohl um das Pferd am Zügel zu fassen, was ihm allerdings nicht gelang. Degeldej blieb stehen und rief mit ausgestreckten Armen dem Davongehenden nach: »Bist du ein chinesischer Beamter, bist du ein kasachischer Räuber geworden, du Sohn des Schöödükej, dass du mir meinen Ail überfällst, meine Leute erschrickst und meinen Schäfer erschlagen willst? Sag, warum du das getan hast, oder ich lass dich, bevor noch die gelbe Sonne des Himmels die Schneeberge im Westen erreicht, in Fesseln legen und in den Sumun schaffen!«

Dambi hörte nicht nur darauf, er stieg auch vom Pferd, trat heran und sprach laut und leidenschaftlich: »Nenn mich einen Hund, Degeldej-aga, nennt mich einen Wahnsinnigen, Brüder und Schwestern, denn die Schuld trifft mich, weil ich euch nicht gegrüßt habe. Aber dass ihr den Hundesohn da« – dabei deutete er mit der Peitsche auf Belek – »in Schutz nehmt, kommt, wie ich annehme, aus Nichtwissenheit. Denn gleich werdet ihr, wenn ich sage, warum ich ihn geschlagen habe, verstehen, dass ich es nicht allein meinetwegen, sondern auch euretwegen getan habe. Ja, denn ich sehe, was auch hier angerichtet ist: Euer Vieh, das Heiligste aller Reichtümer, liegt als Kadaverfetzen herum, und das ist der Grund meines Zorns. Denn man hat die Hunde des Himmels erzürnt, ist in ihre Höhle gekommen, hat ihnen die Jungen geraubt!«

Der Menschenmenge entfuhr ein mehrstimmiges Raunen: »Daher also!?«

»Und dieser Hundesohn da« – wieder fuchtelte Dambi mit der Peitsche in der Hand in Richtung Belek – »hat den Anfang zu diesem Scheißhaufen gemacht!«

Ein dumpfes »Ah-ah« kam von den Zuhörenden. Darauf schauten sie ungläubig, aber schon mit ansetzendem Hass auf den Knecht, der im Schmerz des Peitschenschlages immer noch außer sich zu sein schien.

»Was?!«, schrie Degeldej, beide Hände zur Faust geballt und über sich schüttelnd. Dann rannte er unglaublich flink für sein Alter und sein Gewicht zu Belek, fasste diesen von hinten an den Schultern, drehte ihn ruckartig zu sich um und schrie noch lauter und fürchterlicher, diesmal mit rollenden Augen: »Was war, sprich augenblicklich, Elender!«

Seltsam war jetzt, wie schnell sich Belek von den Schmerzen, die ihn so gepackt hatten, befreite: Seine Arme, die immer noch um den Kopf gelegen hatten, fielen wie abgeknöpft herab, und gleichzeitig damit knickten seine Beine; kniend gestand er, was gewesen war, und schloss: »Aber von den Welpen weiß ich nichts, denn dann bin ich gegangen, habe die Herde weiter gehütet und habe nichts mehr und nichts wieder gesehen. Ja, ich weiß nichts, lieber, lieber Degeldej-aga!«

»Aber du hast den Elenden die Höhle gezeigt, bist da hineingekrochen und hast den großen Wolf herausgezerrt und weggejagt, sodass sie die Welpen rauben konnten!«

»Das alles zu tun war ich gezwungen.«

»Aber ganz am Anfang haben sie dich da auch gezwungen auszuplaudern, dass dort die Wölfe ihre Höhle haben?!«

Belek hielt inne, senkte die Augenlider und seufzte schwer. Man sah, die Peitsche Dambis hatte sich auf seinem kahlen Kopf greifbar deutlich abgezeichnet: Die dicke lange Beule glich einer Schlange, die dabei war, seinen Schädel zu umschnüren.

»Warum schweigst du, Hund?!«, drängte ihn Degeldej zu einer Antwort auf seine Frage.

Aus Beleks Mund lugte ein spitzes, rotes Zünglein heraus und beleckte die wetterrissigen Lippen, dann sagte er mit heiserer, zittriger Stimme: »Es ist mir herausgerutscht aus dem Mund, weil die Leute mir viel erzählt haben und ich ihnen dafür auch was erzählen wollte, aber wohl nichts anderes hatte.«

Eine schallende Ohrfeige folgte auf dieses grundehrliche Geständnis. Belek ging zu Boden. Degeldej stand schnaubend, mit gespreizten, schwarz glänzenden Fingern und wartete. Der Knecht richtete sich schnell wieder auf, er war ein dummer Mensch. Der nächste Schlag kam, jetzt ein Faustschlag.

Die Nacht darauf passierte noch Schlimmeres. Obwohl alle Männer des Ails um die Hürde herum in gleichen Abständen, der eine mit einer Flinte, der andere mit einem Spaten ausgerüstet, Stellung bezogen hatten, konnten sie den Angriff der Wölfe nicht abwehren. Sie kamen vier Mal, und am Ende glich es einem Handgemenge zwischen Menschen und Hunden auf der einen und Wölfen auf der anderen Seite. Beim vierten Angriff, der kurz vor dem Morgengrauen stattfand, sah sich ausgerechnet Degeldej einem Wolf gegenüber. Der Baj war in dem Augenblick allein, er stand am unteren Rand der *Chöne,* die in sechzehn Reihen, alles voll mit Lämmern und Zicklein besetzt, viereckig und hell schimmernd einer ausgebreiteten Filzmatte glich; am Abend hatte man alle Chöne ausgespannt und alles mit Jungvieh belegt, damit die Herde Halt hatte, wie es in der Hirtensprache hieß: Waren sie da, die eine feste Insel, einen festen Kern inmitten der Hürden bildeten, konnte die Herde im Falle, dass die Wölfe kamen, nicht so leicht davonlaufen, wie es bei einer glatten Hürde hätte geschehen können.

Nun stand Degeldej dort, und da entdeckte er am oberen Rand der Chöne, die zu wallen und zu schäumen schien, zu zerbersten und zu zerplatzen drohte, ihn, den Hund des Himmels: Er flog schnurstracks auf die Chöne, gleich einem halb voll gestopften, herbeigeschleuderten Sack. Degeldej sah ihn, erkannte ihn, konnte sich aber nicht entschließen, ihm entgegenzurennen und den armdicken Birkenklotz mit dem schweren, dicken Kopf, mit dem er ausgerüstet war, gegen ihn zu erheben. Er konnte daran nicht einmal denken, aber andererseits konnte er nicht, das schutzlose Jungvieh im Stich lassend, das Weite suchen. So stand er da und versuchte zu schreien, die Menschen herbeizurufen, aber ihm blieb die Stimme weg. Seltsam, die ganze Nacht, erst vorhin hatte er so laute Rufe von sich gegeben, ja, eigentlich die Ail-Leute befehligt wie ein Befehlshaber auf dem Schlachtfeld – nun versagte er, in dem Augenblick, wo der Feind vor ihm stand, nicht nur stand, sondern mordete!

Der Wolf schien sich über der Chöne zu wälzen, über den Lämmern, die in ihrer Binde bockten und ein vielhundertstimmiges Geschrei ausstießen, das Letzte, worüber sie in dem Vortodesaugenblick verfügten. Das konnte nur einige wenige Augenblicke gedauert haben, und dann verschwand der Wolf. Nun lief Degeldej zu der Unglücksstelle, nun konnte er es. Und als er dort ankam, entfuhr seiner Brust ein Schreckensschrei – also war seine Stimme wieder da – eine ganze Reihe lag leblos! Das Ail-Oberhaupt rief seine Leute herbei, doch dauerte es seine Zeit, bis alle versammelt waren, denn die Schlacht tobte noch. Und jeder, der kam und sah, was geschehen war, wurde vom Grauen so gepackt, dass er, wie ins Feuer geraten, ein Jammergeschrei ausstieß.

Von einer ganzen Reihe waren nur noch drei Lämmer heil geblieben, vierundzwanzig waren tot oder lagen in Todeskrämpfen, vieren war der Fettschwanz abgebissen, und das war alles, was der Wolf wirklich gefressen hatte. Bei Tageshelle wurden die Opfer zusammengetragen, die Toten von den Krepierenden vorläufig noch getrennt. Dann zählte man sie ab: Es waren an die sechzig! Die Frauen und Kinder standen vor der rotbunten Menge und heulten um die Wette, und die Männer hatten keine Kraft, sie zu trösten oder still zu donnern. Ein jeder im Ail war von Trauer und Wut erfüllt. Den Nachbar-Ails war es, wie man noch im Laufe des Vormittags erfuhr, ähnlich ergangen, was jedoch keinen zu trösten vermochte. Man kam sich, wie nach jedem Unglück, betrogen im Leben vor. Und das Leben wurde mit einem Mal in seinem ganzen Gefüge anders.

Man suchte im Stillen nach der Ursache, dem Grund, nach einem Schuldigen, und man hatte ihn. Es war Belek. Und man ließ es ihn wissen, doch so, dass jeder es auf seine Weise tat. Ging Großmutter Schajnak an ihm wortlos vorbei, statt ihn wie jeden Morgen im Flüsterton zum Tee einzuladen, so packte ihn Degeldej, der mächtigste Mann nicht nur im Ail, sondern, was Belek anging, auf Erden überhaupt, an der Gurgel und schrie, dass alle es hören konnten: »Du hast diese Dreckscheiße geschissen, die jetzt allen bis zum Hals steht, Sohn des Ürükej! So höre, was ich dich heiße, Elender: Begib dich auf die Spur der Wölfe und erschieß wenigstens einen von ihnen zur Rache für das Geschehene, oder verkriech dich in ihrer Höhle, verende und verfaule dort! Ich will dich entweder mit einem toten Wolf oder nie wieder sehen!«

Belek ritt zur Stunde davon. Die Flinte, die er trug, hatte er bei Tante Schajnak ausgeliehen. Sie hatte ihrem Mann gehört, der schon seit vielen Jahren tot war. Aber da die Frau einen Sohn hatte – Sambysch war sein Name, und zu der Zeit war er zwölf Jahre alt – hatte sie das schwere Eisenstück nicht nur nicht wegegeben, sondern es bei den Umzügen samt ihrem bisschen Hab und Gut ständig mitgeführt. Belek hatte sich, als ihm nichts weiter übrig blieb, als sich auf eine Wolfsjagd zu begeben, ein Herz gefasst und war zu der Frau gegangen. »Tante, geben Sie mir die Flinte Ihres Sohnes so lange, bis ich damit einen Wolf erlege!«

Die Frau, die Degeldejs Drohung kannte, hatte ihm die Flinte mit allem Zubehör gegeben, aber mit den Worten: »Nimm sie, aber bringen musst du sie mir heil und ganz zurück, Sohn des Ürükej!«

Das Pferd, das ihn auf seinem Rücken trug, gehörte ihm selbst, es war das Ergebnis seiner Arbeit, ja, seines bisherigen Lebens. Er hatte mit dreizehn Jahren angefangen, Degeldejs Schafherde zu hüten, nun war er dreiundzwanzig. Der Baj hatte, als er ihn in der Jurte seiner Eltern abholte, mit Ürükej vereinbart, für den Winter- und Frühjahrsmonat ein Lamm und für den Sommer- und Herbstmonat ein Zicklein vom Vorjahr als festen Lohn auszuzahlen, falls sein Sohn die Herde gut hütete. Und diese Vereinbarung war, solange Ürükej lebte, gehalten worden, denn der Vater kam jeden Monat einmal vorbei, um das erhütete Tier seines Sohnes abzuholen. Dabei brachte er Anziehsachen für Belek mit, aber noch wichtiger waren für das Kind, das in den ersten Monaten und Jahren großes Heimweh empfand, die Nachrichten, die der Vater von dem eigenen Ail, von zu Hause, von der Mutter und den Geschwistern brachte. Ürükej starb vor sieben Jahren und kurz darauf auch die Mutter. Belek sah keinen der beiden, erfuhr nichts von ihrer Krankheit; eines Tages hieß es, sie seien gestorben. Seit dem Tod der Eltern nahm man es mit der einst festen Lohnauszahlung nicht mehr so genau.

»Was soll man alle Monate ein Lamm oder ein Zicklein von der Herde hier zu einer anderen tragen, wo deine Eltern nicht mehr da sind? Lass sie hier, und du wirst sie später bekommen, wenn du eine eigene Jurte hast«, hatte Degeldej zu ihm gesagt, als Belek einmal seinen älteren Bruder Naemnak kommen lassen wollte, damit er die Löhne von einigen

Monaten abholte. Somit hatte der Baj aufgehört, den vereinbarten Lohn seinem Schäfer auszuzahlen, aber dafür bekam dieser jetzt Bekleidung. Das war gut für beide Seiten, denn der herangewachsene Belek bekam von Degeldej die abgetragenen Anziehsachen, die für den Schäfer immer noch gut genug, für den reichen, auf Ansehen angewiesenen und dazu kinderlosen Mann aber schon unbrauchbar waren, sie sparten ihm jetzt Ausgaben an lebendigem Vieh ein.

Die Geschichte mit den Schriftstücken, die Saryg Sedip im vergangenen Winter brachte, schaffte zwischen dem Baj und seinem Schäfer ein engeres Verhältnis. Degeldej ließ sich die Geschichte, die Belek im Sumunzentrum mit den Roten zustande gebracht hatte, einige Abende lang erzählen, und jedes Mal, wenn der Schäfer ihm wiederholte, was er jenen auf ihren Aufklärungsversuch erwidert hatte, fiel Degeldej vor Lachen um und sagte dann, wenn er sich davon erholt hatte: »Ach, Belek, du bist mir ein Mordskerl, ein goldener Mensch bist du!«

Und an einem solchen lustigen Abend bekam Belek ein Pferd, einen fünfjährigen Blauschimmel. War er da froh, der arme Mensch! In der Nacht schlief er nicht. Der schöne, eisenblaue Hengst stand vor ihm, er blickte ihm ins Auge und brummte ihm leise zu, was in die menschliche Sprache übersetzt heißen sollte: »Du bist mein Reiter, und ich bin dein Ross!«

Aber das war nicht alles: Die Andeutungen und Versprechungen vonseiten Degeldejs und seiner Frau wuchsen in Beleks Phantasie zu einem Traumschloss.

Dieses bestand aus einer eigenen Jurte, einer kleinen Herde daneben und einer Frau drinnen. Das Jurtengerüst sei schon bestellt, hieß es. Filz hatten Degeldejs in jeder Menge, die Ail-Frauen würden ihn innerhalb von einem einzigen Tag zurechtschneiden und nähen, wenn es wirklich darum ginge, und die Jurte wäre da. Was ihm Degeldej an Vieh abgeben würde, wusste er nicht, aber er wäre selbst mit fünf Schafen und zehn Ziegen vollkommen zufrieden, denn er wusste, dass er keinem nachstand in der Kunst der Viehzucht; ein paar Jahre würden genügen, dass daraus eine ordentliche Herde würde. Jeder Gedanke an die Frau, die Feuer im Herd dieser Jurte anzünden und die Herde melken würde, raubte ihm den Atem, denn Bumbaj, die ihm Degeldej und seine Frau versprachen, war ein bildhübsches junges Ding, dem er von sich aus nicht hätte ins Gesicht schauen können. Sie war mit der ersten, vor vielen Jahren verstorbenen Frau Degeldejs verwandt und hatte sich als das älteste Kind um ihre verwaisten Geschwister zu kümmern. Wenn einer wie Degeldej ihr sagen würde, dass er sie mit seinem Ziehsohn verheiratet sehen wollte, würde sie wahrscheinlich Ja sagen müssen.

Also vielleicht doch tatsächlich kein Grund, den bisherigen Lebenslauf irgendwie in eine andere Richtung lenken zu wollen und noch weniger, dem Leben mutlos entgegenzublicken? Nun aber war dieses Unglück dazwischengekommen!

Belek ritt zwar mit einer Flinte ausgerüstet auf die Wolfsjagd, wie man es doch hätte nennen müssen, aber er wusste weder, wie er einen Wolf ausfindig machen, noch, wie er ihn erlegen würde. Die Wahrheit war: Er hatte nie ein Tier ums Leben gebracht, außer ein paar Mäusen und Zieselmäusen, die er irgendwann zufällig erschlagen hatte, und den Schafen und Ziegen natürlich, die er geschlachtet hatte. Er hatte auch nie aus einer Flinte geschossen. Und die Endsumme davon konnte nur eines heißen: Er ging einem sinnlosen Unternehmen entgegen. Das wusste er. Doch hatte er keine Wahl, er musste tun, was ihm geheißen, und musste versuchen, koste es, was es wolle, einen Wolf zu töten.

Belek musste lange überlegen, welche guten Zufälle ihm auf dem Wege hätten begegnen können. Vielleicht fände er ein von den anderen Jägern, die jetzt bestimmt alle den Wölfen auf den Spuren sein würden, angeschossenes und dann irgendwo verendetes Stück.

Vielleicht machte er wieder eine Wolfshöhle ausfindig. Würde das der Fall sein, so würde er auch hineinkriechen. Vielleicht würde da wieder der große Wolf liegen, dann würde er auf alle Fälle versuchen, mit ihm fertigzuwerden. Diese letztere Möglichkeit erschien ihm mit einem Mal als sehr wahrscheinlich, wohl deshalb, weil er schon einmal in einer Wolfshöhle gewesen war und einen quicklebendigen, großen Wolf mit den Händen gepackt hatte.

Da fiel ihm die alte Wolfshöhle, die Quelle allen Unglücks ein. Vielleicht war der Wolf, der ihm damals entwischt war, inzwischen wieder zurück? Belek beschloss, sein Glück zu versuchen.

Er ritt schnell und gerade wie einer, der ein Ziel hatte, und das war inmitten seines jetzigen trüben ziellosen Lebens ein heller Augenblick. Angekommen vor der Wolfshöhle, legte er die lästige Flinte ab, legte seinem Pferd die Dreifußfesseln an und band es mit dem Führstrick an einem Uraalgan-Strauch fest, damit es nicht davongehen könnte, falls er wieder mit dem Wolf in den Händen herauskäme. Dann nahm er sein handspannlanges, horngriffiges Messer, das in der Scheide am Gürtel herabhing, in die Hand. Für alle Fälle, dachte er.

Der Wolf war nicht da, zu Beleks großer Enttäuschung. Wir aber wissen, zu seinem großen Glück.

Das Hineinkriechen war wieder schwer, das Hinauskommen noch schwerer. Wenig fehlte, dass er stecken geblieben wäre. Dann ritt er nach einiger Überlegung in das Gebüsch hinein, das unerbittlich in den großen Wald Schyrgaj-Dshüreks führte, in dem es auch zur Mittagsstunde dämmrig war. Und dort in der kühlen Dämmerung irrte er den ganzen Tag herum, ohne Ziel, ohne Hoffnung.

Als es zu dunkeln begann, verließ er den Wald und ging auf Suche nach einer Jurte, wo er übernachten konnte. Er fand sie und übernachtete dort. Es war die Jurte zweier alter Leute, der Mann war vor Alter fast erblindet. Aber früher war er ein vortrefflicher Mann gewesen; Ringer, Schmied und Jäger, und ein Dieb auch, aber ein klassischer Dieb. Etliche Male war er im chinesischen, aber auch im russischen Altai gewesen. Dieser Mann nun nannte und beschrieb die einfachsten Dinge, die ein jeder Jäger wissen musste. Er führte Belek vor, wie die Flinte zu handhaben war. Er erteilte ihm auch Ratschläge, beschrieb ihm den Weg, der ihn zu den Wölfen führen würde, nannte der Reihe nach die Dinge, die er befolgen musste, um einen Wolf zu erlegen.

Aber Belek musste sich eingestehen, als er am nächsten Morgen wieder auf dem Weg war, dass er von all dem, was ihm der Alte erzählt hatte, nur sehr wenig verstanden hatte. Gut verstanden hatte er lediglich, dass man mit einem Lockvieh mitunter auch Glück haben könnte. Das würde viel Geschick und viel Geduld voraussetzen. Dies hatte der Alte auf seine Art so ausgedrückt: »Verstecken musst du dich da wie ein Teufel. Ein Teufel, eher mehr als weniger, denn Stein vom Fels, Gras von der Wiese, Holz vom Baum, Teil von dem, was dir Versteck bietet, musst du werden. Stein, Gras, Holz oder was du sonst noch bist, soll dort bleiben, wo es ist, und so bleiben, wie es ist. Ein Stein, ein Gras, ein Holz kennt weder das Husten und Niesen, noch das Pissen und Scheißen. Aber damit du nicht etwa denkst, dass dir gestattet sei, einen Tag lang oder zwei einen Toten zu spielen, nein, gar nicht: Aus dem Stein, dem Gras, dem Holz oder aus dem, was noch ist, muss stets der Teufel auf den Wolf zielen, der jeden Augenblick hergesprungen kommen, im Nu das Lockvieh verschlingen und wieder verschwinden wird!«

Belek irrte wieder einen langen Tag umher in der Geröllgegend des Mugur-Bashy. Kein Wolf begegnete ihm, von keinem entdeckte er die Spur, auch hatte er immer noch keine Hoffnung, dass aus seinem

Jagen etwas werden könnte. Aber dafür nahm die Möglichkeit mit dem Lockvieh in ihm deutlicher Gestalt an. Mit den ersten Sternen kam er zur Jurte der beiden Alten zurück. Der Alte hörte dem, was Belek erzählte, mit unwillig zuckenden Augenbrauen und mit Kopfschütteln zu und warf immer wieder ein: »Nicht doch! Ich hatte dir doch alles gesagt!«

Einmal, als er wieder diese tadelnde Bemerkung machte, sagte Belek: »Ja, Sie haben mir alles gesagt, *Eshej*! Aber ich habe da so wenig im Kopf behalten. Mein Kopf, der ist so schwer. Doch eins habe ich von Ihrer Erzählung gut begriffen. Das ist das mit dem Lockvieh. Geben Sie mir bitte deshalb, Eshej, und auch Sie, *Enej,* ein Zicklein oder ein Lämmchen. Nach Hause zu reiten, um es dort zu holen, habe ich Angst.«

Der Alte gab ihm nicht nur das Zicklein, er gab ihm auch eine Menge Tipps dazu, die zu dieser Jagdmethode gehörten. Belek begab sich ziemlich zuversichtlich auf den Weg. Er hatte ein Ziel, der Alte hatte ihm eine Stelle beschrieben, die am steilen Hang über dem mittleren Tal der Üsch-Chadyr lag. Belek versuchte, alles so zu tun, wie ihm geheißen: band das Zicklein an der Spitze des rechten Vorderbeines an einen Uraalgan-Strauch fest, brachte sein Pferd in Sicherheit, nahm ihm Sattel und Zaum ab, rieb ihm den Rücken mit Gras trocken und pflockte es am linken, oberen Abhang des gegenüberliegenden Tals an beiden Vorderbeinen an. Dann kam er auf einem Umweg zu dem Zicklein zurück, er schlich sich heran und bezog sein Versteck. Es war ein kleiner Fels, der unten von nach Salzerde suchendem Vieh ausgehöhlt und rings mit niedrigem Strauchwerk bewachsen war. Dort liegend konnte er durch das Strauchwerk das Zicklein beobachten, das unterhalb des Verstecks in einer Entfernung von 50 bis 60 Schritten ahnungslos stand und vorläufig ein Gemecker nach dem anderen in die Ferne schickte.

Belek hatte genug Zeit, das Zielen zu üben. Zuerst trat ihm die Träne in das zielende Auge, sobald er das andere schloss und mit diesem durch den Schlitz sehen und nach dem Zicklein suchen musste. Als er diese Kunst einigermaßen beherrschte, hatte er Schwierigkeiten mit dem Korn, das so winzig war, dass er es in der Eile glattweg hätte übersehen können. Und zum Schluss das Herzklopfen, das gleich Faustschlägen den Körper ins Wanken brachte. Sobald er das Zielkorn aufs Zicklein oder einen bestimmten Gegenstand rings um dieses herum brachte und mit dem Zeigefinger den Ablösehahn berührte, war die Aufregung da. Aber je mehr Zeit verging, desto ruhiger wurde sein Herz, vielleicht wurde es auch müde.

Es hat keinen Sinn, die Qualen, die der zum still Liegen verdammte Mensch auszustehen hatte, beschreiben zu wollen. Sie sind unbeschreiblich.

Irgendwann ging die Sonne doch unter, und das Auge vermochte das Zicklein nicht mehr auszumachen. Belek gestattete sich aufzustehen. Er war in den Gliedern, am Kreuz, Rücken und Hals, selbst im Gesicht steif und hatte das Gefühl für den Körper verloren. Bis er es wiedererlangte, verging nicht wenig Zeit. Die Dunkelheit kam schnell. Das Zicklein empfing den Menschen mit einem Meckern, das sich wie ein Schreien, wie ein jauchzendes Jammern anhörte. Belek verbrachte die Nacht neben seinem Pferd. Der Sattel war sein Kopfkissen, die Satteldecke sein Bett. Er lag darauf wie ein Hund, geringelt und wach. Das Zicklein lag neben ihm, er wärmte es und empfing von ihm Wärme. Das Zicklein schlief fest, doch war sein Schlaf immer wieder von Seufzern unterbrochen, wie bei einem Kind, das die Schwernisse des verlebten Tages auch im Schlaf nicht vergessen konnte. Vielleicht aber auch, weil in ihm der tierische Instinkt arbeitete und etwas davon ahnte, was am nächsten Tag geschehen würde.

Belek schlief seicht, es war ihm kalt in dem dünnen Lawschak, den er anhatte. Das Pferd graste nicht, stand still und schien zu schlafen, doch merkte es jedes Mal, wenn sein Herr die Beine ausstreckte, um sich vom Krampf zu erholen und darauf wieder anzog. Es schnaubte leise dazu.

Belek begann das Tagwerk sehr zeitig. Das weiße Zicklein schimmerte aus dem dunklen Strauchwerk wie ein Stück verstecktes Licht, wie ein Stück verfrühter Tag. Sein einsames Meckern schien in der Trennstunde zwischen Licht und Finsternis, Kälte und Wärme, Schlafen und Erwachen noch lauter, es hatte noch mehr Klägliches in sich. Belek kam sich, das Klagegeschrei des Tierkindes im Ohr, wie ein Herzloser, wie ein Verbrecher vor.

Das Licht siegte, die Sonne erstieg die Höhe, und Wärme kam von oben herunter wie eine Flut, die kein Nachlassen, kein Aufhören kannte. Sie war dem durchfrorenen Schäfer willkommen wie jedem anderen Lebewesen unter dem Himmel wohl auch. Sie löste seinen Körper von dem Krampf, den die nächtliche Kälte, die ebenso wie eine Flut kein Nachlassen, kein Aufhören kannte, verursacht hatte. Gegen Mittag schlug die Wärme in Hitze um, sie lastete schwer wie eine unsichtbare, unentrinnbare Decke auf der Erde und ihren Bewohnern. Dem liegenden Belek wurden die Augenlider immer schwerer, er begann einzunicken. Das machte ihm Angst. Ihm kam es vor, als beobachtete ihn der Alte von seinem Versteck aus, blickte ihn böse aus seinem blinden Auge an. Und im Geist hörte er seine mahnende Stimme: »Bleib wach, du Stein!«

Doch es geschah, dass der ausgehungerte und durchquälte Mensch in seiner Angst von der Nachmittagshitze erdrückt wurde, er schlief ein. Erwachend fuhr er zusammen. Die Sonne stand kurz über den westlichen Gipfeln, eine Brise war aufgekommen. Die Welt war wie ausgestorben, das Zicklein meckerte nicht mehr. Wie sehr er auch seine schlafmatten Augen wischte und hinüberblickte, er konnte es nicht sehen. Nach langem Suchen und Überlegen beschloss er sich aufzurichten. Auf die Knie kommend, glaubte er, dort, wo das Zicklein gestanden hatte, etwas Glänzendes zu entdecken. Dann stand er auf und rannte taumelnd hin: Was da glänzte, das war der Pansen. Er war unversehrt und groß, wie es schien, zu groß, als dass er dem winzigen Zicklein hätte gehören können. Doch, das war der Pansen des Zickleins, denn ein Stück weiter unter dem Strauch lagen die Haut- und Knochenreste. Sie waren frisch, Fliegen saßen darauf.

Belek musste, wie sehr ihn die Angst auch peinigte, zu der Jurte der beiden Alten zurückkehren. Denn dort glaubte er immer noch die kleinere Gefahr vorzufinden als bei Degeldej. »Eshej, Enej!«, rief er mit zittriger Stimme, kaum war sein eines Bein in der Jurte. »Schlagt mich tot, wenn ihr wollt. Ich bin um das Zicklein gekommen!« Und dem fügte er schnell hinzu, bevor noch die Wut der alten Leute ausbrechen konnte, wie er sie schon erwartete: »Aber ich werde es euch, Eshej, Enej, mit einem vom Vorjahr ersetzen!«

Damit fiel er auf die Knie, ohne die Mitte der winzigen Jurte erreicht zu haben, er duckte sich, bereit, jeden Schlag und jedes Geschimpf hinzunehmen. Der Alte nannte ihn zwar einen Dummkopf, einen Hundesohn, und die Alte meinte, alle Vorfahren Beleks seien missratene Menschen gewesen und er, Sohn des Ürükej, sei auch nach ihnen geraten, so wie jedes Miststück nach dem Arsch ausschaute, aus dem es gekommen sei. Aber sie schlugen ihn nicht. Dafür fragten sie ihn aus, verhörten ihn, wie man mit einem Verbrecher zu verfahren pflegt, und als er gestand, dass er eingeschlafen war, nannten sie ihn wie aus einem Mund einen Elenden, einen, der es Zeit seines Lebens nie zu etwas bringen würde.

Belek blieb unter den Schimpf- und Schmähworten stumm, mit geducktem Kopf. Ab und zu lugte aus seinem Mund eine dünne, weiße Zungenspitze, die die zersprungenen und wieder und wieder blutenden, malzschwarzen Lippen sorgfältig beleckte. Dieses Bild des vollkommenen Elends musste bald das erzürnte Herz der alten tuwinischen Mutter umgestimmt haben: Sie gab ihm zu essen und zu trinken. Was in diesem Augenblick für Belek wichtiger als alles andere in der Welt, selbst als ein toter Wolf, war. Auch der Alte gab nach. Sie hatten nichts dagegen, als sich Belek anschickte, bei ihnen zu übernachten.

Nachts, als jeder auf seinem Lager lag und das schummrige Licht der Öllampe ausging, fragte der Alte: »Ist's nicht besser, Sohn, zurückzukehren und zu sagen, die Wölfe sind nicht zu haben?«

»Nein, Eshej«, antwortete Belek ängstlich, »ohne den Wolf darf ich nicht zurück. Degeldej-aga wird Wort halten und mich totschlagen. Ich muss den Wolf haben, oder ich gehe lieber ins Wasser!«

Am Morgen bat Belek die Alten um ein weiteres Zicklein, indem er wieder versicherte, er würde ihnen das erste ersetzen, und zwar mit einem vom Vorjahr. Der Alte tadelte ihn: »Die Großprotzerei mag den Reichen stehen, uns Habenichtsen aber nie!«

Die Alte zeigte ihm ein Zicklein: »Fang es dir ein und nimm es mit. Aber ich sage dir gleich: Kommst du wieder ohne das Zicklein, werde ich dir die Augen samt der Wasserblase aus deinem Gehirn auskratzen, du Sohn des Ürükej.«

Jetzt bezog Belek eine andere Stelle, wie sie ihm der Alte beschrieben hatte. Sie war im rechten Tal der Üsch-Chadyr, in einer Felsspalte. Sie bot kein so gutes Versteck wie die erste. Hier musste er vorn einen Wall errichten und ihn mit Gras tarnen, und außerdem lag er auf blankem Fels, von dem starke Kälte ausging, die ihn erst am späten Nachmittag verließ. Dafür hatte er heute sein Pferd leichter und besser untergebracht, wie er glaubte. Er hatte es jenseits des Bergrückens in einer tiefen Mulde, die einem Kessel glich, angepflockt.

Belek hatte viel, sehr viel Zeit; er hatte nichts zu verrichten, außer durch den kleinen Schlitz auf das Zicklein zu blicken und sich sein jämmerliches Meckern anzuhören. Doch die Gedanken wollten Beschäftigung, so wie der Körper Bewegung wollte, und so überdachte er die Lage von allen Seiten wieder und wieder. Ihm ging durch den Kopf, er hätte dadurch, dass er sein Pferd gut untergebracht und sich gut versteckt, den ersten Schritt zum Erfolg getan. Damit war der Anfang für eine lange Gedankenkette gegeben, und nun meldeten sich in seiner Phantasie zwangsläufig die nächsten Schritte: der zweite würde sein, dass er wach bliebe, was er schon dank des eisigkalten Felsens würde schaffen können, der dritte: der Hund des Himmels erscheint, der vierte: man zielt und schießt, der fünfte: der Kerl fliegt hin und liegt, wie man sieht, wenn man mit ein paar Sprüngen hinkommt, leblos in seinem schwarzen Blut, der sechste: der Jäger kommt mit seiner unübersehbaren Beute zum Ail zurück, man vergibt ihm seine Schuld, man bewundert und liebt ihn, der siebte: eine hübsche kleine hellbraune Jurte, die hübsche kleine rotwangige Bumbaj, eine kleine Herde von Schafen und

Ziegen – alles ihm, dem Sohn des Ürükej, gehörend, das Glück, das er endlich, endlich errungen hat.

Belek traute sich nicht weiterzugehen, nein, er brauchte weder ein Baj noch ein Darga noch etwas anderes zu werden; die kleinste Jurte, die kleinste Herde von Schafen und Ziegen und die kleine Bumbaj waren genug für sein Glück! Ach, war der Gedanke süß! Dem Menschenkind stand das magere dunkle Gesicht im breitesten Lächeln, die Anstrengungen der Tage und Nächte, eines halben Lebens waren davon mit einem Mal wie abgewischt.

Aber auch dieses kleine Glück war schwer zu erreichen, war unmöglich für ihn, den Sohn des Ürükej. Der Wolf kam nicht, die Sonne ging unter. Ernüchtert, aber nicht entmutigt, ja, entschlossen, an seinem bevorstehenden Glück zu arbeiten, stand Belek auf. Er würde morgen noch früher als gestern wieder hierher kommen und sich auf die Lauer legen. Dass der Wolf an den Köder heranging, dafür hatte er schon den Beweis. Darum würde er viele Male, Tag für Tag hierher kommen, er würde es so lange wiederholen, bis er den Wolf erlegt, ihm in die erlöschenden Augen geblickt, seine zuckenden Muskeln befühlt und sein dampfendes, rinnendes Blut gerochen und sich daran berauscht hatte. Er würde das Glück um jeden Preis erzwingen.

Das Zicklein war vom Schreien heiser geworden, es strebte ihm mit vor Sehnsucht brennendem Blick entgegen. Und es schluchzte und zitterte noch lange. Belek drückte es fest an die Brust und unterhielt sich, als er den steilen Hang bestieg, in Gedanken mit ihm wie mit einem Kind: »Zittre nicht so, mein Kleines, du hattest es besser als ich, musstest nicht steif liegen, warst nicht auf so einem verfluchten Felsen festgeklebt, konntest sogar fressen und pissen, wann du wolltest. Auch musst du mit dem Schluchzen aufhören, Liebes. Hab ich erst meine Jurte, meine Frau und meine Herde, so werde ich zu deinen Alten kommen und ihnen die Wohltat mit Gutem vergelten. Dabei werde ich dich nicht vergessen. Ich werde deine Alten um dich bitten. Ich muss ihnen sowieso das andere Zicklein, dein unglückliches Schwesterlein, ersetzen. Da werde ich gleich zwei Zicklein vom Vorjahr bringen und deinen Alten sagen: ›Das Zicklein da hat mir zu meinem Glück verholfen. Bitte treten Sie es mir ab gegen ein größeres Stück, Eshej, Enej, ich will es heiligen.‹ Ja, ich will dich zum *Ydyk* des Feuers machen, du bist so feuergelb, passt gut dazu, und du bist kein gewöhnliches Tier, bist mein Freund, der mir in einer schweren Zeit beigestanden, an meinem Glück mitgearbeitet hat. Als Ydyk wirst du ein langes Leben leben, so lange, wie du nur kannst.«

Die letzten Strahlen der Sonne erloschen, und es begann zu dämmern, als Belek mit diesen beglückenden Gedanken, das Tier, das ihm in diesem Augenblick ein künftiges Kind ersetzte, fest an der Brust, die Mulde betrat, die ihm, seinem Zicklein und seinem Pferd für die bevorstehende Nacht ein Zuhause sein würde. Da erlebte er eine böse, um ein Haar tödliche Überraschung: Eine längliche Gestalt ging mit einem schwerfälligen Trab davon – es war der Wolf! Belek fuhr so heftig zusammen, dass das Zicklein in seinem Arm aufschrie. Er war eine Sekunde lang erstarrt, löste sich dann aus dieser Erstarrung, stürzte sich nach vorn mit einem kläglichen, kaum hörbaren Aufschrei, anstatt, wie es sich bei einem Jäger gehört hätte, zur Flinte zu greifen und nach dem Wolf zu zielen, der vor Übersättigung nicht viel schneller lief als ein junger *Yak*bulle. Aber der Schäfer hatte keinen Sinn für den Wolf, er stürzte sich dorthin, wo sein Pferd sein musste, seine Augen suchten nur danach. Und sie entdeckten: Es lag am Boden, und seine hintere Hälfte war schon nicht mehr da.

Am nächsten Tag brachte Belek den Alten das Zicklein zurück. Er aß und trank, was man ihm gab, und ging, die Flinte und das Sattelzeug auf dem Rücken, zum Ail Degeldejs weiter. Weder schlug noch tadelte man ihn dort, man verhielt sich schweigend zu ihm. Oder es war Belek nur so vorgekommen, denn er lebte betäubt, lebte dahin, ohne es selbst zu begreifen.

Später erfuhr er, dass die Jäger beide Wölfe, die Schaden angerichtet hatten, nach tagelangem Hetzen zur Strecke gebracht hatten. Noch im Sommer wurde Bumbaj mit einem anderen verheiratet.

Nicht lange danach sagte Belek eines Tages zu Degeldej und seiner Frau: »Zehn Jahre lang habe ich bei Ihnen die Herde gehütet, zehn Jahre lang haben Sie mich ernährt und auch bekleidet. Aber weder aus meiner Mühe noch aus Ihrer Güte ist etwas geworden. Darum will ich hier weggehen.«

Man versuchte gar nicht erst, ihn zurückzuhalten. Bevor Belek wegging, sagte er noch: »Meine Zicklein und Lämmer, die ich Monat für Monat verdient haben müsste, sollen den Schaden ersetzen, den ich angerichtet habe. So will ich alles hierlassen, bis auf ein Zicklein, das ich mir mitnehmen will.« Man hatte nichts dagegen, man gab ihm das Zicklein.

Von dort ging Belek zu seinen Blutsverwandten. Man war über sein Auftauchen nicht besonders erfreut, aber man hatte auch keinen Grund, ihn nicht aufzunehmen, denn er konnte gut gebraucht werden. So geschah es auch: Man gab ihm zu essen, man wies ihm ein Lager zu und dann: Hier die Herde, hüte sie!

Belek hütete die Herde seiner Verwandten und die Jahre vergingen.

Einmal kam ein großes Lastauto und sammelte Leute ein, die im Innern des Landes für eine Kohlengrube gebraucht wurden. Belek beschloss mitzufahren, aber seine Verwandten sträubten sich. Sein älterer Bruder Naemnak meinte, es ginge mit den Ürükej-Kindern endlich aufwärts, da dürfte keiner die Sippe im Stich lassen, und jeder wäre für das allgemeine Glück unentbehrlich.

Belek blieb, das allgemeine Glück blühte vielleicht auch. Aber das bisschen Glück, das Belek sich einst herbeigewünscht hatte, kam und kam nicht zu ihm. Hätte ihm der Himmel ein kurzes Leben gegeben, so hätte er weggehen können, ohne auf Gottes Erde dem Glück begegnet zu sein. Allein, er hatte noch viel, viel Zeit zu verbringen.

Mit dreiunddreißig Jahren gewahrte er eine Möglichkeit, dem Glück auf die Spur zu gehen. Eine junge Frau war von ihrem Mann verlassen worden. Sie litt, wie der davonbrechende Mann ausdrücklich erklärt hatte, an einer unheilbaren Krankheit, und eine Zweitheirat war daher für sie so gut wie aussichtslos. Belek aber könnte sie heiraten.

Bekannte und Verwandte griffen ein, bei beiden wurde das Interesse geweckt. Und eines Tages kam Belek zu ihrer Jurte, um erst einfach nur hereinzuschauen oder auch vielleicht ein paar Worte mit ihr zu wechseln.

Er blieb. Sie suchten Halt und Schutz aneinander. Mit der Zeit kam auch eine gegenseitige Neigung auf. Aber es war immer die stille, beständige und illusionslose Neigung vom Schicksal verschmähter und verstoßener Menschen. Die Frau war um zehn Jahre jünger als er, war ständig krank und bis zum Übermaß anhänglich. Er war ihr ein guter Gefährte, wie ein liebevoller Bruder, manchmal in schweren Stunden wie ein Vater auch. Sie waren miteinander insgesamt glücklich.

Das erste Ehejahr verging, und das Erstlingskind wurde geboren. Es erweichte das Herz des späten Vaters, es erfüllte ihn mit neuen Empfindungen, mit neuen Gedanken. Aber es brachte ihm wie ihr mehr Leiden als Glück. Denn es war ein krankes Kind. Es starb, nachdem es bei den Menschen ein knappes Jahr in der Krankheit verbracht hatte. Belek weinte Tränen, wie er sie noch nie geweint hatte. Kurz darauf gebar ihm seine Frau schon das nächste Kind. Er lebte, wie vom Glück so auch von der Angst erfüllt. Auch dieses Kind war krank. Es starb. Die Verwandten meinten, dass Belek einen Schamanen holen sollte, was er auch tat, und der Schamane stellte fest: Folgen eines sündhaften Vergehens an tierischen Jungen. Der Schamane hätte auch sagen können: »Deinetwegen sind sechs Wolfsjunge umgebracht worden!« Aber das hätte nicht ganz zum schamanistischen Sprachgebrauch gepasst.

Er wie sie glaubten sofort zu begreifen, weshalb die Kinder nicht am Leben geblieben sind: Ach, deshalb! Ich alter Sündenbock, oje, oje! Dass die Frau vorher drei Kinder geboren hatte und keines davon am Leben geblieben war, daran dachte man jetzt nicht. »Was soll ich sündhafter Mensch tun, damit die Sünde meine künftigen Kinder nicht trifft?«, fragte er stattdessen und sah den Schamanen flehentlich an. Der Schamane ordnete an, sofort eine gelbe Ziege zum Ydyk des Jurtenfeuers und dann, wenn das Kind da wäre, noch ein weißes Schaf zum Ydyk der Mengi zu heiligen.

Alles wurde getan, wie es geheißen, doch es half nicht. Die Kinder kamen und starben weiter. Aber nicht alle Belekkinder starben als Säuglinge, fünf überlebten das Kindesalter. Die unheilbar kranke Frau blieb erstaunlich lange am Leben, sie wurde zweiundfünfzig.

Die Jahre vergingen, das Leben wurde anders, erträglicher insgesamt. Nur traf das nicht für jeden zu. Für Belek, den bescheidenen Träumer vom Glück, war es eine schwere Pflicht, das Leben auszuleben. Wie zum Hohn häuften sich auf seinem Buckel die Jahre. Ihm war der Leidenskelch bis auf den giftigen Grund beschieden.

»Aber«, wird man vielleicht von seinem Leben später berichten, und das wird wie ein winziger Sonnenschein inmitten eines langen Gewitters anmuten, »er hat seinen Wolf doch erlegt.«

Ja, das hat er, fast ein Leben später, aber immerhin, und das ist in Anbetracht seines Alters umso bedeutender. Doch wer weiß, ob dieses verspätete Jagdglück für ihn, sein Leben, aber auch für die Mitwelt, die einem Mitglied nicht ein bisschen Glück hat übrig lassen können, überhaupt noch einen Sinn gehabt hat.

Stimmen der Verwandelten

Wir sind nicht vergangen, wir sind verwandelt. Wir sind Licht und Schatten, Luft und Gras, Erde und Stein.

Vermisst ihr uns, so geht hinein in den Tag und die Nacht und befühlt und beriecht und belauscht die Erde und das Gras und den Wind.

Wir sind auch Erinnerungen und Geschichten.

Bewahrt sie, denn sie sind da für euch und alle, die nach euch kommen werden.

Wir sind Gleiche, kennen keinen Reichtum und keine Armut. Aber wir haben nicht vergessen, was sie bedeuten. Der Reichtum erhebt den schmutzigsten Sünder zum Erdengott und entzweit die Kinder einer Mutter. Die Armut zwingt den Ehrlichsten, zu lügen und zu stehlen.

Es ist gut, dass die fremde Sitte, auf Gräbern Reichtümer zu häufen, nicht über uns gekommen ist. Beneidet auch künftig die Fremden nicht um ihre Sitten und tut uns und euch nicht solches letzte Unrecht an, denn jeder Reichtum, der unser Grab be-lastet, ist im Reich der Gleichen unauslöschliches Schandwerk. Das beste Gold ist für uns wertlos.

Behaltet es, und behaltet auch die Ziegel für kleine und große Denkmäler. Lasst die Menschen so gehen, wie sie gekommen wind: frei von Bürde.

Nicht Hitze und nicht Kälte gibt es für uns. Und nicht Lüge und nicht Schmerz. Wir sehen keinen Edlen stürzen und keinen Halunken sich erheben. Wir kennen nicht Kummer und nicht Ärger.

Aber wir kennen auch keine Freuden mehr. Für uns gibt es kein Frühlingserwachen und kein Wiedersehen mehr. Wir hören keine Vögel zwitschern und sehen keine Knospe aufspringen.

Und wir sind machtlos. Wir haben keinen Einfluss auf das, was mit uns und euch geschieht, wir können uns und euch nicht helfen. Hofft nicht auf uns, doch vergesst uns auch nicht, denn wir sind da.

Wir sind nicht vergangen, wir sind verwandelt. Wir sind Licht und Schatten, Luft und Gras, Erde und Stein.

Vermisst ihr uns, so geht hinein in den Tag und die Nacht und befühlt und beriecht und belauscht die Erde und das Gras und den Wind.

Wir sind auch Erinnerungen und Geschichten.

Bewahrt sie rein und lernt daraus, denn sie sind da für euch und für alle, die nach euch kommen werden.

Tut es, ihr Ungleichen und Unzulänglichen, aber Hoffnungsvollen und Mächtigen, tut es nicht um des Todes, sondern um des Lebens willen.

Tuwa und die Tuwiner

Die Tuwiner sind ein turksprachiges Volk, dessen Wurzeln weit in die Vergangenheit zurückreichen.

Das Wort Tywa findet sich möglicherweise bereits im Namen des zentralasiatischen Toba-(Topa)-Reiches (2. bis 4. Jahrhundert). Vorläufer der späteren tuwinischen Stämme gehörten zweifellos in den Verbund der beiden alttürkischen Reiche in Zentralasien und des Mongolenreichs. Seit Ende des 18. Jahrhunderts wird der Stammesname Tywa für die Gesamtheit all jener Stämme verwendet, die an der Herausbildung des heutigen tuwinischen Volkes beteiligt waren.

Im Jahr 1989 lebten ca. zweihundertausend Tuwiner in der Russischen Föderation, der größte Teil davon in der Republik Tywa im Süden von Sibirien (1921 Volksrepublik Tannu-Tuwa, 1944 Tuwinisches Autonomes Gebiet der RSFSR, 1961 Tuwinische Autonome Sozialistische Sowjetrepublik, 1991 Republik Tuwa, seit 1994 dann Tywa, mit der Hauptstadt Kyzyl am Oberlauf des Flusses Jenissej im Verband der Russischen Föderation).

Nach den veröffentlichten mongolischen Angaben zum Zensus für das Jahr 2010 leben in der Mongolischen Republik etwa fünftausend und in China etwa zweitausend Tuwiner.

Der Schamanismus und der nördliche Buddhismus (Lamaismus) bestimmen das religiöse Leben der Tuwiner. Nach jahrzehntelanger Unterdrückung erfahren beide Religionen heute eine starke Wiederbelebung.

Glossar

Aga, Agaj (tuw.) Anrede für Bruder, Onkel oder für einen älteren Mann

Ail (tuw.) kleinere Jurtensiedlung, Jurtengehöft

Aimak (mong.) Verwaltungseinheit, Bezirk

Aragy (tuw.) alkoholhaltiges Getränk aus gegorener Milch

Baj (tuw., kas.) Reicher, Herr

Buga-Dsharin, Bugtu-Girisch Helden eines tuwinischen Volksepos: Bugtu-Girisch vertraut dem von einem Landstreicher ermordeten Buga-Dsharin mit den zitierten Versen einem Felsen an und zieht dann in den Krieg

Chöne Stricke zum Anbinden von Lämmern und Zicklein, die ein Viereck bilden

Chomdu der größte Fluss der Tuwiner, bedeutet wörtlich »gefährlicher Fluss«

Daaj (tuw.) Verwandte mütterlicherseits, die älter sind als der Sprecher

Darga (mong.) Vorsitzender, Vorsteher

Dashyyr (tuw.) Aragysack aus steifem *Yak*-Leder

Deel traditionelles mongolisches Gewand

Enej (tuw.) Großmutter

Eshej (tuw.) Großvater

Galdshyrma vierbeiniges Gerüst für den Jurtenbau mit Löchern zum Biegen der erhitzten Weidenruten

Hürde geflochtene, meist tragbare Einzäunung für Schafe

ins Salz gehen volkstümliche Umschreibung für sterben

Jurte (mong.) transportable Behausung Zentralasiens; mit Filz gedecktes hölzernes Gerüst

Klafter alte Längeneinheit von ungefähr der Länge, die ein Erwachsener mit ausgebreiteten Armen greifen kann (ca. 1,80 m)

Kulaken (russ.) wörtlich: Faust; wohlhabende Großbauern in Russland; im Zuge der Kollektivierung der Landwirtschaft in der Sowjetunion wurden auch selbstständige Bauern als solche bezeichnet und als Volksfeinde und Ausbeuter verfolgt

Lama buddhistischer Mönch und Lehrer

Lawschak (tuw.) mantelartiges Obergewand für den Sommer

Owoo Opfer für den Ortsgeist aus aufgehäuften Steinen; die Sitte gebietet jedem Vorüberkommenden, einen Stein dazuzulegen

Paavyldaj Held eines bekannten tuwinischen Märchenepos

Papirossa Zigarettenart, die überwiegend in der ehemaligen Sowjetunion hergestellt wird

Spanne altes Längenmaß; Abstand von der Spitze des Daumens bis zur Spitze des kleinen Fingers bei gespreizter Hand (20 – 25 cm)

Sumun (mong.) Verwaltungseinheit, kleiner als ein *Aimak*; Landkreis

Ton (tuw.) rockähnliche Bekleidung für die kältere Jahreszeit

Tulup (tuw.) Reisesack aus einer ganzen Ziegenhaut

Uwaa Baby

Yak Rinderart des zentralasiatischen Hochgebirges

Ydyk (tuw.) geweihtes Tier

Galsan Tschinag im A1 Verlag

Mein Altai
Erzählungen

560 Seiten, Leinen, geb.
ISBN 978-3-927743-82-3

In diesem Band sind alle im A1 Verlag erschienenen Erzählungen Galsan Tschinags versammelt: »Verspätetes Jagdglück«, »Die Karawane«, »Eine tuwinische Geschichte«, »Bisen«, »Jaskan«, »Shanna«, »Ildeng«, »Das Ende des Liedes«, »Dojnaa«, »Stimmen der Verwandelten« sowie »Abschied« und »Eine Kantate auf den Altai«.

Ich kenne keinen Schriftsteller, der zur Zeit so genau wie Galsan Tschinag den Strom einer Erzählung in fast schmerzhafte Stromschnellen verwandeln kann, um ihn dann wieder idyllisch dahinfließen zu lassen. Lesend erleben wir das Schicksal des kleinen Volkes der Tuwa, überleben seinen Untergang und verwandeln uns aus der vieltausendjährigen Zeit, in der wir ein Teil der Natur waren, wieder zurück in Stadtmenschen, die sich erinnern ... Dass Galsan Tschinag die deutsche Sprache zu seiner Erzählsprache machen konnte, ist ein Glück für die deutsche Literatur, vielleicht für die Weltliteratur.

Hark Bohm/DIE ZEIT

Galsan Tschinag im A1 Verlag

Dojnaa
Erzählung

144 Seiten, gebunden
ISBN 978-3-927743-55-7

Louis Aragon nannte Aitmatows »Dshamilja« einst eine der schönsten Liebesgeschichten. »Dojnaa« steht der poetischen Novelle des Kirgisen in nichts nach. Es ist eine Geschichte über Liebe und Pragmatismus, über den Kampf um Selbstachtung und um den Erhalt der Sippe. Vieles mutet archaisch an, wie das mit vitaler Bildhaftigkeit und viel Humor beschriebene lieblose Liebesleben Dojnaas und ihres Mannes. Und doch erzählt Tschinag eine ganz und gar moderne Geschichte … Zuweilen fühlt der westliche Leser, wie Tschinag den Staub und Schutt unserer Zivilisation abkratzt und uns zurückblicken lässt in die Kindheitstage der menschlichen Existenz.

Sabine Berking, Frankfurter Allgemeine Zeitung

Folgende Erzählungen von Galsan Tschinag sind auch als e-book erhältlich:

Das Ende des Liedes. ISBN (e-book) 978-3-940666-37-6

Die Karawane. ISBN (e-book) 978-3-940666-38-3

Dojnaa. ISBN (e-book) 978-3-940666-39-0

Eine tuwinische Geschichte und andere Erzählungen.
ISBN (e-book) 978-3-940666-40-6

1. Auflage 2013

www.a1-verlag.de

Satz: Kretschmann2, Bad Aibling
Litho: Kochan & Partner GmbH, München
Typographie, Umschlagentwurf und Gestaltung: Konturwerk, Herbert Woyke
Titelmotiv: Foto von Monika Karlstetter
Druck: Friedrich Pustet KG, Regensburg
Papier Innenteil: 90 g/m² Werkdruck Munken Premium cream, 1,75-fach
Papier Schutzumschlag: 135 g/m² Bilderdruck weiß hochglänzend
Überzug: 115 g/m² Surbalin Seda blattgrün von Peyer
Papier Vor- und Nachsatz: 115 g/m² Surbalin glatt sandbraun von Peyer
Gesetzt aus der 10,8/13,25 Punkt Minion Pro regular

Printed in Germany
ISBN 978-3-940666-34-5